一歳四か月で天使になった渓太郎

いのちの時間

Miyuki Nakamura
中村美幸

ゆいぽおと

渓太郎の500日

1997夏

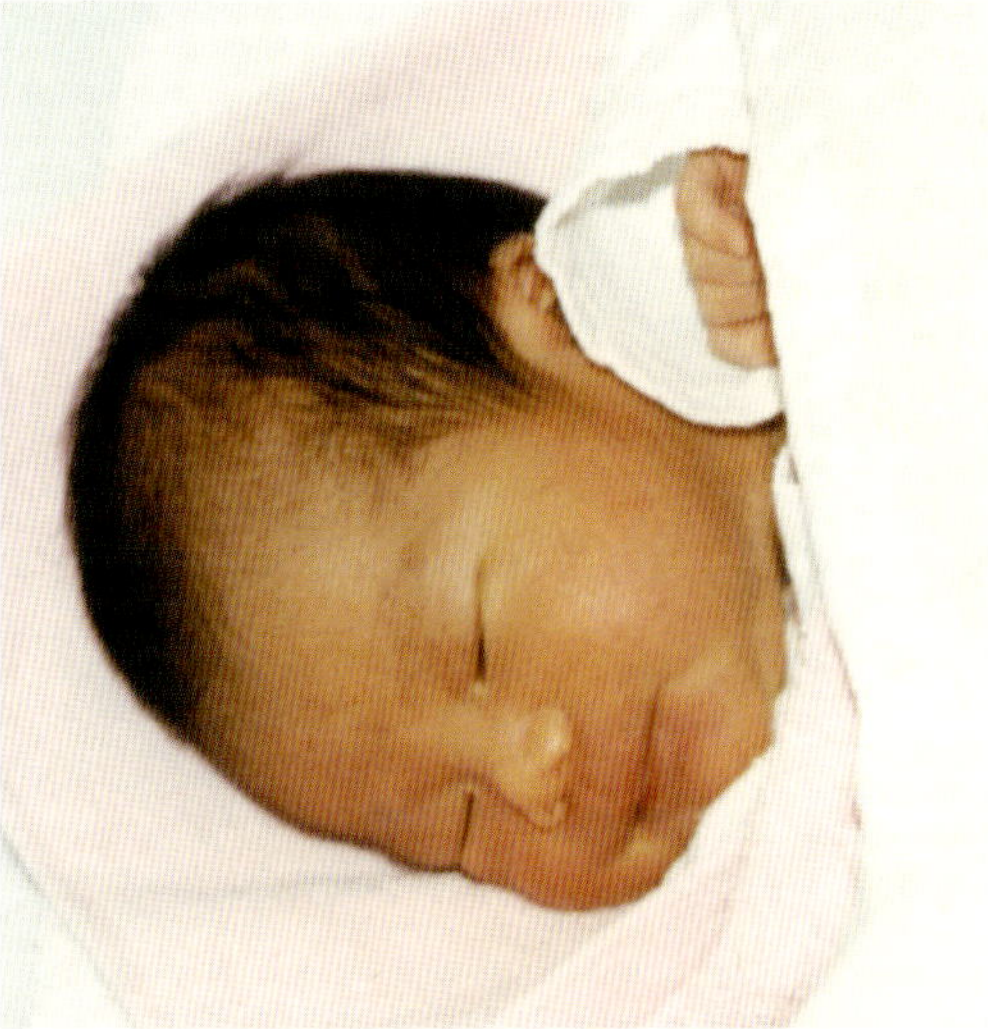

8月12日午後5時48分誕生

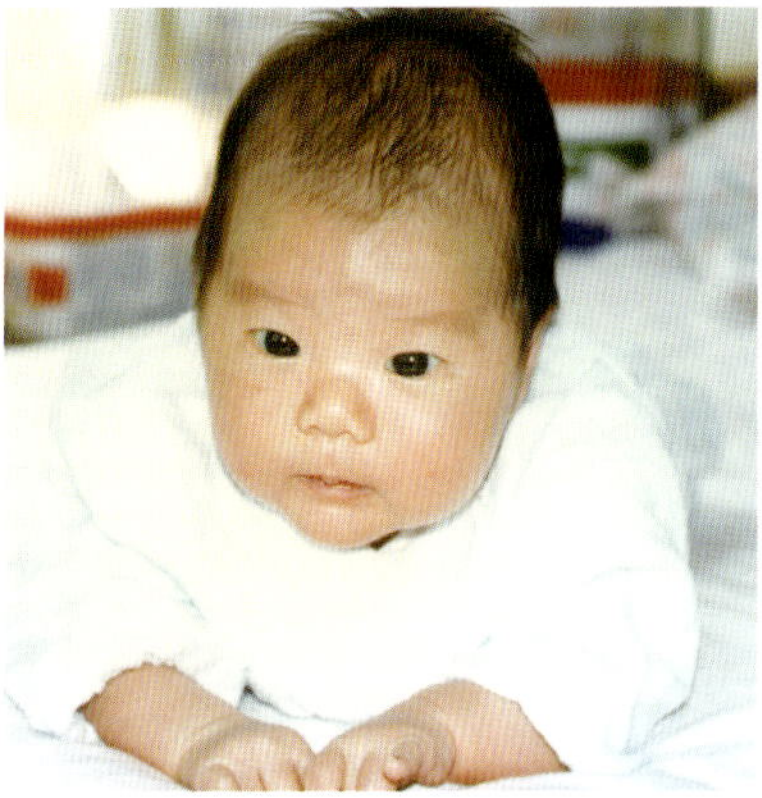

うつぶせにすると首をもちあげます

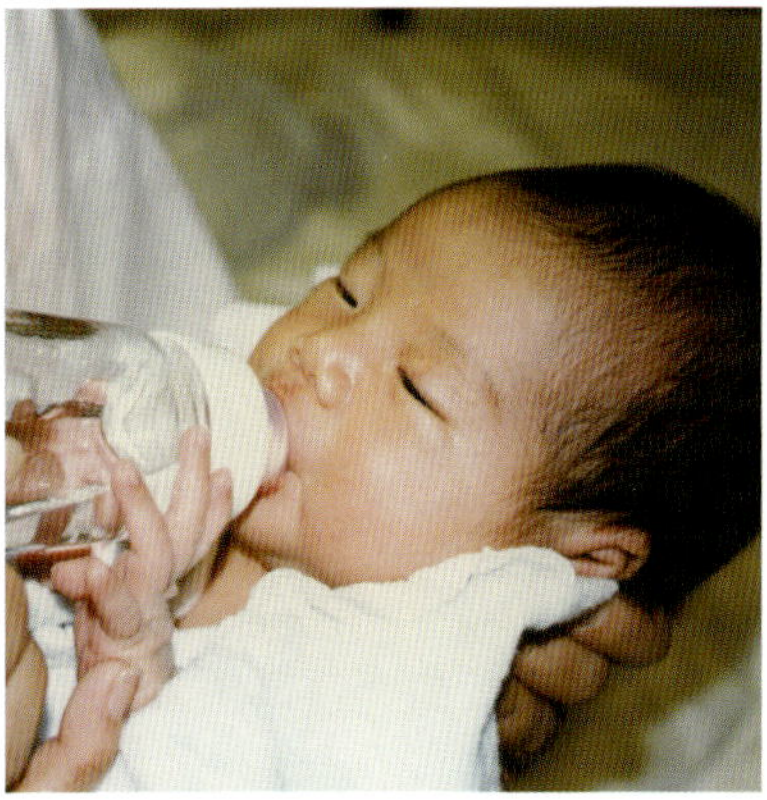

湯上りのいっぱい

渓太郎の500日

1997秋,冬

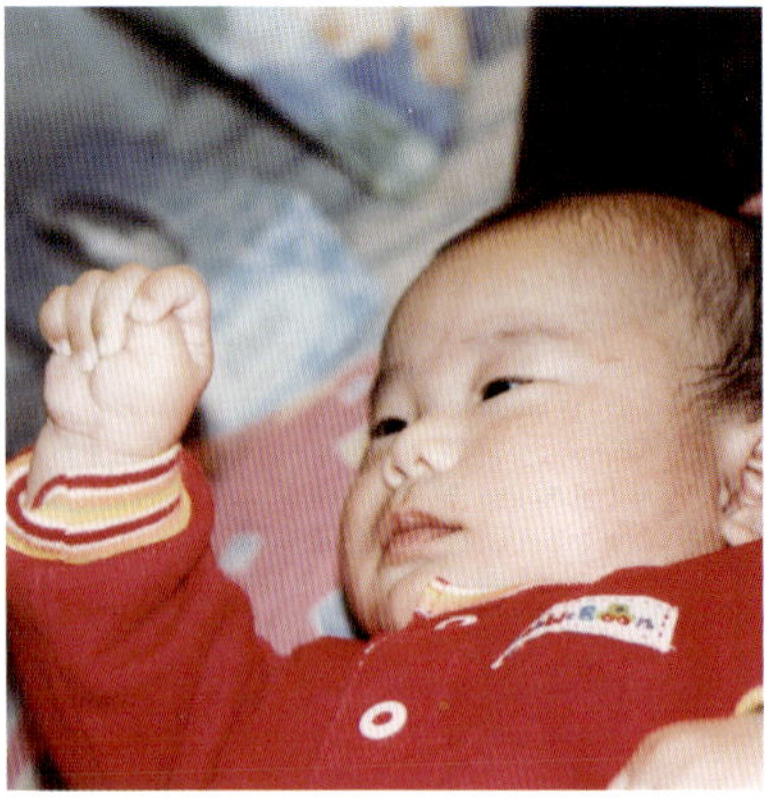

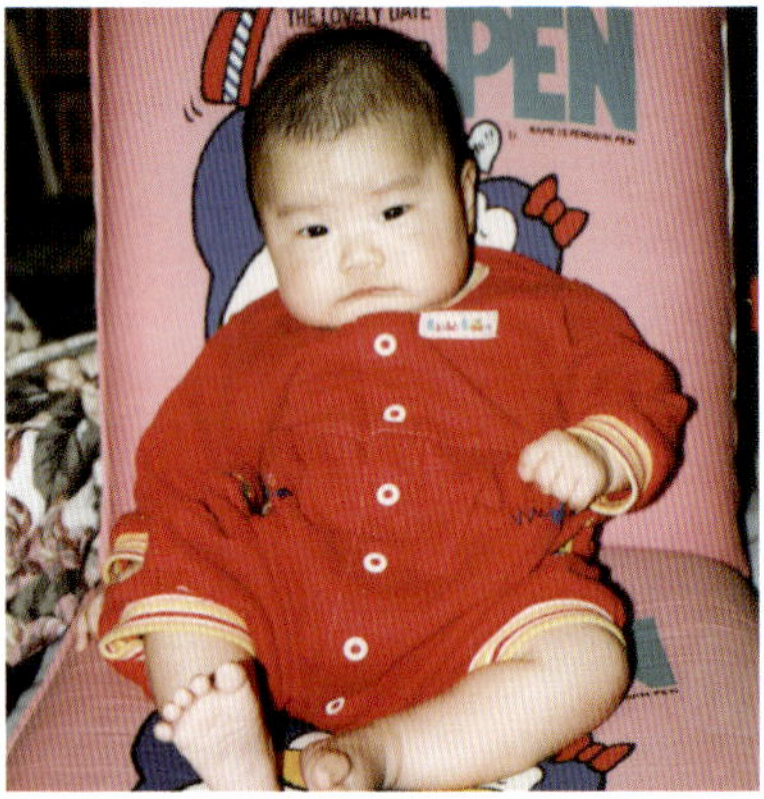

自分の手を
ふしぎそうに見つめています

座椅子があればおすわりができます

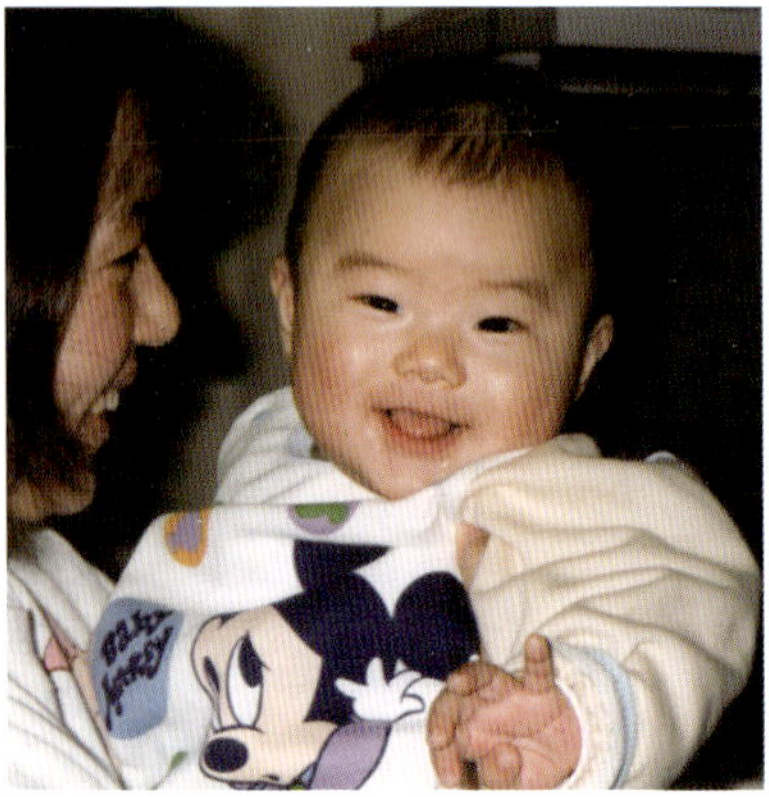

かわいい乳歯を発見!

絵本を見て
幸せそうに眠りにつきました

渓太郎の500日

1998春,夏

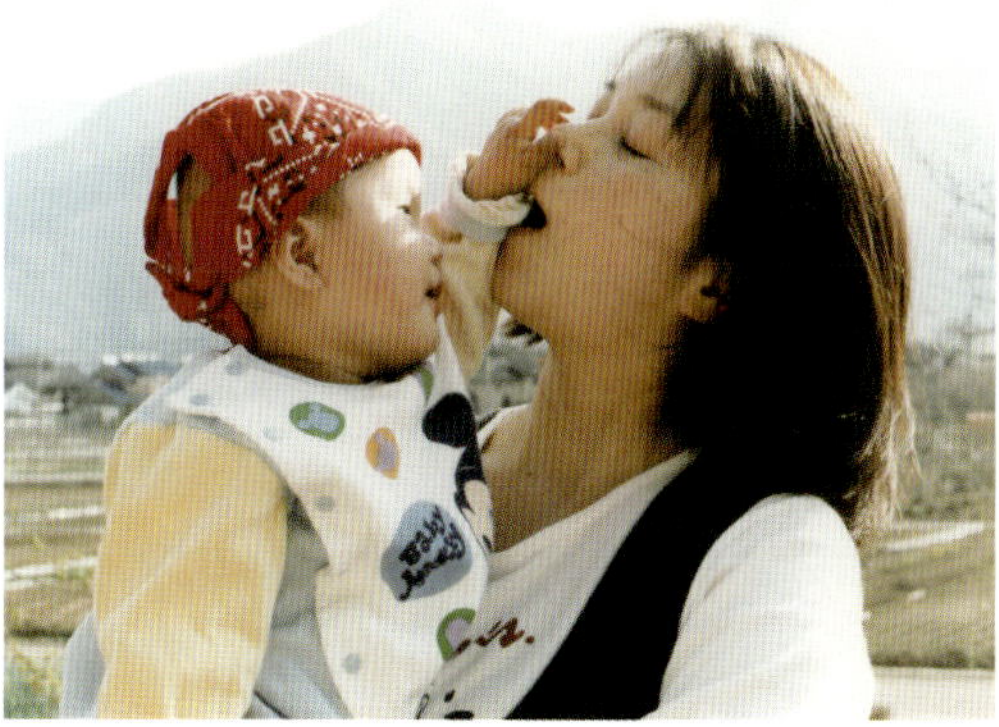

入院前にいつもお散歩に行っていた公園で

1歳のお誕生日、大きなブーブーは
パパからのプレゼント

こいのぼりと五月人形は
来年までお預けでした

渓太郎の500日

1998秋,冬

やっぱり外は気持ちがいいね

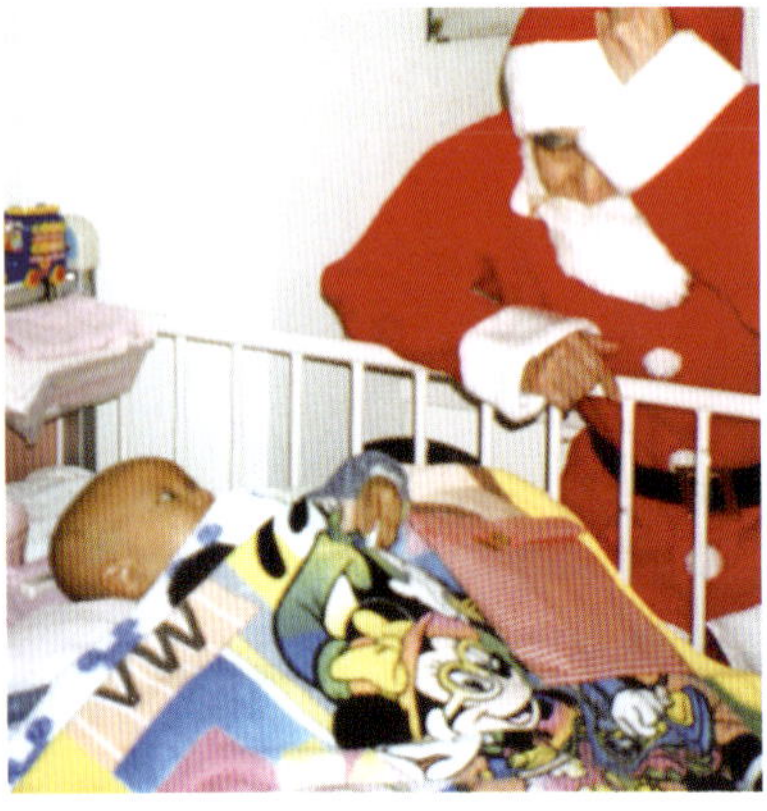

院長先生のサンタさんを
真剣に見つめています

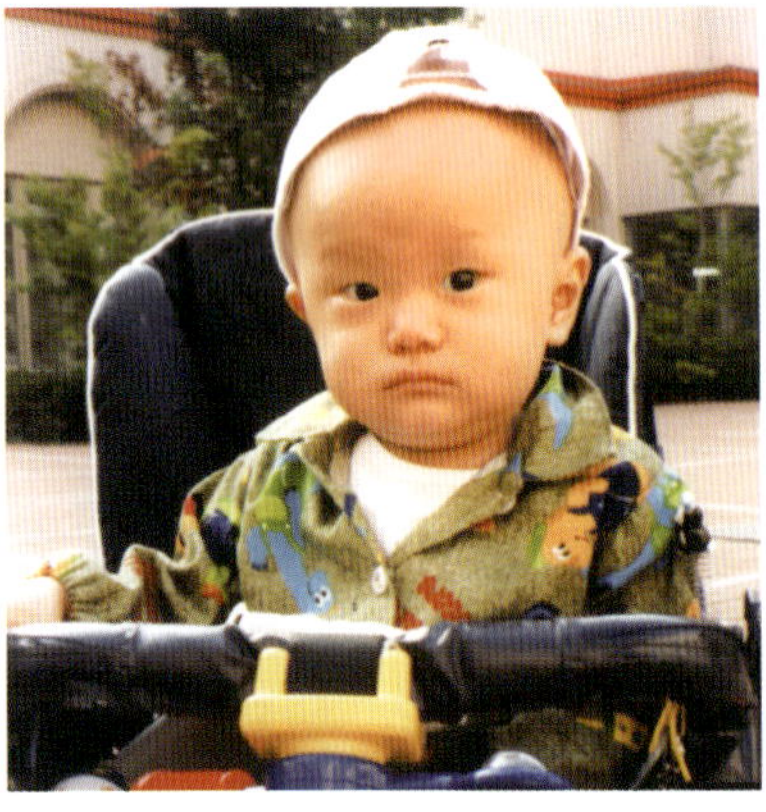

誕生日に
おばあちゃんがつくってくれた洋服

いのちの時間

―一歳四か月で天使になった渓太郎―

中村美幸

プロローグ

「幸せって……本当はこんなにたくさんあったんだ……」

それは心の底から、幸せの種がひとつずつ芽を出すような感覚で、もともと心の底に蒔かれていたその種が、「やっと気づいてくれたんだね」と言っているかのようでした。私に、幸せの、本当の見つけ方を教えてくれたのは、十五年前、私の身に突然舞い降りてきた過酷で切ないできごとでした。


今から十五年前、私は長男渓太郎を出産しました。はじめて自分の子どもをもった私は、渓太郎がかわいくて愛おしくて仕方がありませんでした。渓太郎のしぐさも、ときどき出す小さな声も、私はその一つひとつがいちいちかわいくて、まったく動かずに寝ているときでさえ、あまりのかわいさに心が震えるような毎日を送っていました。

「かわいいなあ。幸せだなあ……」

そんな言葉を、私は一日に何度つぶやいたことでしょう。

そんななか突然、私が腕いっぱいに抱えている温かな幸せをごっそりと……それこそ私の体も一緒に削り取って、ひとつ残らず取り去られてしまうようなできごとが起きたのです。それは、私にとって愛おしさの塊のような渓太郎に起きた小児がんの発病でした。さらに、生まれて間もない渓太郎の病気は、それまで生存した例が一例もないという、とても悪性度の高いものでした。

（まさか渓太郎の身に……自分の身にこんなことが起きるなんて……）

私はあまりの悲しみに、自分の中身がすっかりなくなり、心の中はまるで空っぽのドラム缶のようになってしまった感じがしました。

「どうして！　どうして！」

そんな空っぽになった心に向かっていくら叫んでみても、ただただ自分の声がぼわーんとむなしく響き渡るだけで、私にはどうすることもできませんでした。

（あんなに幸せだったのに……。あんなに幸せだったのに……）

そんな気持ちのまま、私は渓太郎の二十四時間付添看護をすることになりました。当然のこと、その日を境に私の生活も一変しました。小児腫瘍専門病棟では、それまで当たり前にしていたことがなにひとつ通用しません。毎日行っていたお散歩に行くことも、三度の食事を摂ることも、お風呂に入ることも……。そしてなにより、当然のように思っていた、「これから先ずっと渓太郎と一緒に生きていけるんだ」ということでさえ、今にも奪われてしまいそうな状態でした。

　そして、少しずつ確かに、思い描いていた渓太郎との未来は奪われていきました。一日過ぎるごとに、渓太郎の未来の時間が少なくなっていくのを目の当たりにしながら、私は何度も心の中で叫びました。

「渓太郎と一緒に生きていけるはずだったのに……。ずっと一緒にいられると思っていたのに……」

　私がいくら叫んでも時間は止まることなく流れていって、当たり前のようにあった幸せを私からどんどん奪っていきました。

　時間がたつにつれ、渓太郎はようやく食べられるようになった離乳食も食べられなくなり、しばらくすると、しっかりとできていたお座りもできなくなりました。そして、渓太郎は、私が大好きだったニコニコとした笑顔を見せる力もなくなり、「あー」「うー」というわずかな声も出すことができなくなりました。

　当たり前のように成長していくはずだった渓太郎の命は、どんどんと成長とは逆の方向に向かっていきました。

「もうどうにもならない……。私にはなにもない……」

　どこを探しても幸せが見つからなくて、ほしかった幸せな未来が見えなくなって、私は仕方なく、すぐそこにあった自分の両手の中をのぞき込みました。するとそこには、それまでまったく気がつくことができなかった、温かい光を放つような幸せが今にも両手からあふれ出そうなくらいに、いくつもいくつもあったのです。

（……幸せって……。幸せって、こういうことだったんだ……）

そのときはじめて、幸せの、本当の見つけ方を知りました。

それからの私は本当に幸せでした。大切な渓太郎との別れの日が近づいているのを感じながらも、一日一日、一時間、一分、一秒を温かな幸せに包まれながら過ごしました。そして、渓太郎が旅立つ瞬間まで、私は渓太郎と心の中で話し続けました。

「渓ちゃんも、お母さんも幸せだね……」

いのちの時間　―一歳四か月で天使になった渓太郎―　もくじ

プロローグ……2

第一章　突然舞い降りてきた試練

渓太郎の「渓」は渓流の「渓」……12　「お母さん、大変です」……16

「間違いなく悪性です」……21　こども病院へ……31

新しい生活のはじまり……34　右腎摘出手術……40

余命宣告……45

第二章　渓太郎が産声をあげるまでのこと

「私はずっとお母さんになりたかったんだ……」……52

はじめての産婦人科……54　「やっぱり男の子だって！」……57

渓太郎誕生……59　待ちわびたシェフの食事……63
渓太郎へのメッセージ……66

第三章　はじめての子育て

里帰り……70　渓太郎、実家統一……73
「クスン、クスン」……75　最初にしゃべる言葉……78
お宮参り……80　里帰り終了……82
お散歩……85　生後二か月の記録……87
離乳食……89　はじめてのクリスマス……92
一九九七年から一九九八年へ……100　ちいさな幸せのひとコマ……102

第四章　病気を治すための治療

「あのころに戻りたい……」……106
「本当は、当たり前なんてどこにもないんだ……」……109

はじめての抗がん剤治療……111　転移……117
両親への手紙……121　かわいい前歯……124
「渓太郎が旅立つことになったら私もついていこう……」……128
抜け落ちた幸せの象徴……133　広々とした外の景色……134

第五章　見えはじめた希望

冬から春へ……142　なぐさめのような涙……146
ワイシャツの敷布団……150　おまじない……154
川の字……157　「先生、がん小さくなっているかな……」……163
渓太郎が大好きな佐藤先生……169　「小さくなっていました！」……175

第六章　重い覚悟の日々

少し先の未来……180　現実から逃げたい……184
先のわからない命……193　一歳の誕生日……197

誕生日のプレゼント……200　最後の外泊……208
三人で撮った写真……217

第七章　ぼくは幸せだよ

渓太郎の命の流れ……226　「笑顔」のクリスマスプレゼント……230

エピローグ……240

おわりに……243

装丁　三矢千穂

第一章　突然舞い降りてきた試練

渓太郎の「渓」は渓流の「渓」

渓太郎の「渓」は渓流の「渓」。

清らかな心をもって生きていけば、その人生はやがて大河となる。


夏真っ盛りの一九九七年八月十二日、私は渓太郎を出産するため、産婦人科の手術台の上にいました。

(ああ、楽しみだなあ。早く会いたいなあ。どんな顔してるのかなあ)

その日の朝に起きた突然の破水で、急遽帝王切開での出産になった私は、わずかな不安と、大きな楽しみを胸いっぱいに抱えて、もうすぐやってくる渓太郎の誕生を待っていました。

カチャ、カチャ
キーン
手術室じゅうに金属音が響き渡るなか、私は手術台の上で、ありとあらゆる意識を耳に集中させました。

(もうすぐ産声が聞こえるはず……)

するとしばらくして、私の耳がわずかな産声をキャッチしました。

「う、ぎゃ……」

（あ！　なにか聞こえた！）

そう思った次の瞬間、その声は私の耳の奥をジーンと刺激するくらいに、一気に大きくなりました。

「うぎゃあ！　うぎゃあ！」

（生まれた！　赤ちゃん、生まれた！）

私はいてもたってもいられなくなって、お腹は切開されたままだというのに、手術台に貼り付けにされている状態で唯一動かすことができる首を思いっきりあげて、足元の方に視線を向けました。

（赤ちゃんどこ？　赤ちゃんは？）

でも、私の目の上にはガーゼが置かれていて、周りのようすがまったく見えません。

（うわあ、泣いてる。かわいそうに……。早く抱っこしてあげなきゃ！）

そう思ったのと同時に、渓太郎を抱いた看護師さんがやってきて、目の上のガーゼを取ってくれました。

「おめでとうございます！　とっても元気な男の子ですよ」

そう言うと看護師さんは、身動きができない私の顔の横に渓太郎を連れてきて、渓太郎のほっぺと私のほっぺをくっつけました。その瞬間、私の目からはヒタヒタと涙が流れ落ち、落ちた涙は一滴ずつ左右のこめかみにジワーッと広がっていきました。

「よかった……。ありがとうございます」

つぶやくように私が言うと、看護師さんはしばらくの間、私の目の前で渓太郎を抱き続けてくれました。目の前にいる渓太郎は、まんまるな顔に大きな目、お腹はポッコリと膨らんでいて、まるで絵本に登場してくる「桃太郎」がそのまま飛び出してきたかのようなかわいい赤ちゃんでした。そんな渓太郎の姿を見ながら、私は心の中でつぶやきました。

「かわいいなあ！　やっぱり『太郎』とつく名前がピッタリだ……」

そして、「渓太郎」という名前に決めた、妊娠八か月のころを思い出しました。

八か月目の妊婦健診のときに、先生から性別を教えてもらった私は、家に帰ってから主人に言いました。

「ねえ、お腹の子は男の子だって！　名前どうする？　男の子だったら、まっすぐでわんぱくな感じがする名前がいいなあ。んー、たとえば、なんとか太郎とか、なんとか次郎とか……」

「ん、んー？　はじめての子だから、それだったら『太郎』の方がいいよ。でも俺はね、ずっと前から、男の子でも女の子でも『渓流』の『渓』の字をつけたいと思ってたんだよ。渓流って、ゆくゆく大河になって、さらにでっかい海になるでしょ。海だよ、海！　やっぱさ、でかい人間になってほしいじゃん」

主人にそう言われた瞬間、私の頭の中では「でっかい海」よりも、太陽の光を浴びてキラキラ、キラキラと輝きながら谷間を流れる渓流が浮かびました。そのどこまでも純粋できれいな景色に、私はおもわず人差し指を立てながら力を込めて言いました。

「『渓流』の『渓』！　それいい！」

「『渓流』の『渓』、いいだろう！　やっぱなあ、絶対にいいと思ったんだよ、でっかい海！　じゃあさ、そこに太郎をつけて『渓太郎』にしよう！」

私が大賛成したことが嬉しかったのか、主人は自慢げに大きな声で言いました。

そんな姿を見ながら、私は思わずクスッと笑ってしまいました。

（私がイメージしたのは「でっかい海」じゃなくてキラキラ輝く渓流なんだけどなあ。でも、きれいな心をもった子が、ゆくゆくでっかい人に育ってくれたら、もう最高！）

そんなことを思い出しながら、私は手術台の上でひとりニコニコと笑って、心の中で名前を呼ぶ練習をしました。

（渓太郎。渓太郎。渓ちゃん。んー、渓ちゃんの方がいいなあ）

その日から私の心の中は、渓太郎一色になりました。

渓太郎の力強くギュッと握られたまるい手や、その指の先についている小さな、小さな爪、ふわふわした綿毛のような髪の毛、まだ赤くしわしわの肌……どれをとってもあまりにも愛くるしくて、私は自分の頬を両手で強く挟みながら何度も叫びました。

「うわあ！　かわいい！　渓ちゃん、かわいい！」

そんな愛くるしい渓太郎の姿を眺め、私はこれから一緒に過ごす未来が楽しみで仕方ありませんでした。三か月後、一年後を想像しては、涼しくなるころにはベビーカーでお散歩ができるかな、来年の今ごろは、よちよち歩きを始めるかなと、まだ必要もないのに靴や帽子を準備してみたり、ときにはもっと先の未来を想像して、余計な心配をしたりすることもありました。

（男の子だから、小学生になったら、サッカーとか野球とかをやるのかなあ。ん、ん？　運動神経が私に似ちゃったらどうしよう……）

それはまるで、心の真ん中にいつでもほわんとした陽だまりがあるような、どこまでも続く穏やかで温かい幸せでした。


「**お母さん、大変です……**」

そんな幸せな夏が過ぎ、秋が過ぎ、もうすぐ初めてのクリスマスがやってくるころ。四か月になった渓太郎は上手に自分の気持ちを伝えられるようになりました。私と一緒にいるときはいつもご機嫌で、抱っこをしながら「渓ちゃん」と呼びかけると、手足をバタバタさせながら、「キャ、キャ、キャ」と声を出して喜びます。

ほんの少しでも私の姿が見えなくなると、口を思いっきり大きく開けて、「ギャーギャー」と叫んで、顔を真っ赤にしながら泣いて怒りました。そんな叫び声が聞こえると、私はあわてて渓太郎のもとに駆け寄って、抱き上げながら言いました。

「ごめんね、ごめんね、渓ちゃん。抱っこがいいよねえ」

そう言いながら抱っこをすると、渓太郎はヒック、ヒックと息を詰まらせながら、私の胸にピタッとほっぺをくっつけて甘えてきます。私が首をかしげて、そんな渓太郎の頭を自分のほっぺでなでると、渓太郎の顔のあたりから、赤ちゃんらしいほわんとした柔らかいにおいがしてきました。

（ああ、私が渓太郎のお母さんなんだなあ。かわいいなあ）

鼻に伝わってくる渓太郎のにおいと、胸に伝わってくる私より高い渓太郎の体温で、私の体全体を柔らかくて温かい幸せが包んでくれているのを感じました。

それから楽しい大晦日が過ぎ、新しい年を迎えて一週間が過ぎたころ。いつものように、朝、渓太郎のおむつ替えをしていると、おむつにわずかな薄赤色のシミが付いていることに気がつきました。

（あれ？　なんだろう……）

そのときは、特に気にとめることもありませんでした。その翌日もほんの少しシミが付いていたのですが、いつもと変わらない元気な渓太郎の姿に、私は、おしっこが濃くなったのかなあと、なにも疑うことはありませんでした。

しかし、その次の日になると、ほんのわずかですが血の塊がおむつに付いていたのです。

（なに……これ……）

私はそのときはじめて、なにかおかしいと思い、すぐに近所にある小児科へと渓太郎を連れて行きました。そして、ここ数日間で起きた渓太郎の変化をひとつずつ先生に伝えると、先生はおむつの様子を詳しく調べた後に、穏やかな口調で私に言いました。

「きっと、これは尿路感染だね。お薬を出しますので、渓太郎くんに飲ませてあげてくださいね」

（ああ、びっくりした。なんだ……。その程度で良かった）

ホッとして診察室を出ようとすると、先生が私を呼び止めました。

「お母さん。でも、念のために、渓太郎くんのお腹を触診しておきますね。もう一度、渓太郎くんをベッドに寝かせてください」

「あ、はい」

安心しきっていた私は、ていねいに診てもらえるのはありがたいなと思いながら、渓太郎をベッドの上に寝かせました。先生は、「ごめんね。ちょっとお腹触るよ」と渓太郎に優しく話しかけながら、カバーオールのボタンをはずすと、そっと渓太郎のお腹の上に右手をのせました。

そして、先生の手が渓太郎のお腹に触れた途端、先生は大きく目を見開いて、それと同時にハッとしたように顔をあげました。そしてそのまま、なにも言わずに私が立っているのと反対側にある壁をじっと見つめて、確かめるように渓太郎のお腹を何度か押しました。

（え……。なにかあるの……）

私はベッドのわきに立ったまま、先生の口からなにか言葉が出てくるのではないかと思って、口元をじっと見つめました。でも、いくら待っても先生の口からは、なにも発せられず、逆に時間がたてばたつほど、先生の口は固く閉じていくようにも見えました。

（なにがあるの……。渓太郎の体に何が起きてるの……）

私の胸の中には一秒ごとにどんどんと不安がたまっていって、しばらくするともう息を吸うスペースもないくらいに、胸の中は不安で大きく膨れ上がりました。あまりの息苦しさで私が胸に手を当てながら息をしていると、先生は、もう一度確かめるように渓太郎のお腹をゆっくり二回押すと、なにも言わないまま机に向かってカルテを書き始めました。

そしてほんの少しだけボールペンを動かすと、カルテを挟むようにして机に両ひじをついて、先生は自分の書いた文字をしばらく見つめていました。

（きっと……。きっとあそこに、何か大変なことを書いたんだ……）

そう思いながら、ベッドのわきに立っていた私が、先生のわき腹と腕の間にできたわずかな隙間からカルテを見ていると、やっと先生が動き出しました。先生は椅子をグルグルッと回転させて私の方にしっかりと体を向けると、まっすぐに私を見て覚悟させるかのように言ったのです。

「お母さん、大変です」

「え……大変……」

「渓太郎くんのお腹には、腫瘍があります」

（え……）

あまりに突然のことに、私は先生の言っている言葉の意味がわかりませんでした。

（大変って……。腫瘍って……）

このまま先生の言葉を受け止めてはいけないような気がして、私は意識がはっきりしないまま、必死に先生の言葉を覆そうとしました。

（そんなこと、あるわけない。渓太郎が大変なことになっているなんて、間違いに決まってる。それに、先生は腫瘍だと言ったけど、別にがんだと言ってるわけじゃない。たいしたことないはず……）

でも、いくらそんなことをしてみても、心のいちばん深いところで、大変なことになってしまったと感じている自分がいて、そんなはずがないと思いたい自分と、大変なことになってしまったと感じている自分が、胸の中で激しい言い争いをはじめて、私はもう自分ではどうすることもできませんでした。

混乱したまま立ち尽くしていると、どこからか先生の声が聞こえてきました。

「紹介状を書くので、今から長野日赤に向かってください」

ハッとした私があわてて先生の方を向くと、先生は心配そうに目を細めて、じーっと私の方を見ていました。そんな先生の姿を見た瞬間、私の心の中で起きていた激しい言い争いに決着がつきました。

（本当に大変なことが起きているんだ……。もう、言われた通りにするしかない……）

「はい……」

私は一言だけ返事をすると診察室を出て、そのまま長野日赤へと向かうことにしました。


「**間違いなく悪性です**」

私の住む千曲市から、隣の長野市にある長野日赤までは車でおよそ三十分くらいなので、自分で車を運転していくことはできました。しかし、この大変な事態を三十分間ひとりで抱え込んでいることが苦しくて、私は近くに勤めている兄のところに電話をしました。

「もしもし。あっ、お兄ちゃん……渓ちゃんが大変なことになっちゃった……」

「え？」

「お腹に腫瘍があるって……。今からすぐに長野日赤に行きなさいって……」

「今、ひとりなの？」

「うん……」

「わかった。すぐに行くから。どこに行けばいいの？」

「A小児科……」

そう言って電話をきったものの病院の中で待っている気にはなれなくて、私は渓太郎を抱きながら病院の前の県道を、兄の勤め先の方向に向かって歩き出しました。なにも考えられない状態のまま、ただ前へ前へと足を出していると、いつのまにか兄の車が歩道を歩いている私の横にピタッと止まっていることに気がつきました。

（あ……）

私が助手席の扉を開けようとすると、それより先に兄が運転席から体を伸ばして、助手席の扉を開けながら言いました。

「乗って」

「……ありがとう」

私が助手席に座ると兄は、私がまだドアを閉めないうちにきいてきました。

「渓太郎、病気なの？」

「まだわかんない……。お腹に腫瘍があるって……」

「え？　腫瘍ってがんのこと？」

(……)

「がん」という言葉が固いとげのようになって、一瞬にして私の胸の真ん中に突き刺さり、私はあわててそれを抜くかのように、はっきりとした口調で答えました。

「がんとは言われてないよ！　腫瘍っていっても、がんとは限らないよね」

そうは言っても、先生の第一声が「お母さん、大変です」だったことを考えれば、決して安心できるものでないことはわかっていました。でも、そんなことを信じたくなかった私は、あえて「がんと言われたわけじゃない」ということを強調しました。

それに、私の腕の中には渓太郎がいました。まだ言葉は理解できなくても、渓太郎の前で病気の話をするのはあまりにもかわいそうで、私は腕の中の渓太郎に覆いかぶさるように顔を近づけて、それまで兄としていた会話を渓太郎の耳の奥から消すかのように、耳元で何度もささやきました。

「渓ちゃん、大丈夫だからね。渓ちゃん、大丈夫だからね」

長野日赤に着くころには、すでに診察時間を大幅に過ぎていました。小児科の待合室にはだれも座っていない長椅子がずらりと並んでいて、がらんとしたようすを見ながら思いました。

(風邪の子とかは、もういない時間なんだ……。渓太郎は特別なんだ……)

すると、診察室の入り口の扉から先生が顔を出して私を呼びました。

「中村さん。診察室に入ってください」

診察室に入ると、先生は、「すぐに超音波検査をします。準備ができているのでこちらにきてください」と言って、隣にある検査室に案内してくれました。

今まで看護師さんがあわただしく動き回っている病院しか見たことがなかった私は、だれもいない検査室に入った瞬間、ゾクッとするような緊張を感じて、おもわず固い静けさから渓太郎を守るように、腕にギュッと力を入れました。

しばらくして、どこからか、「渓太郎くんをベッドに寝かせて、お腹を見せてください」という先生の声が聞こえてきて、「あ、はい」と言いながらあたりを見回すと、ベッドの向こう側にある超音波の機械の前に座っている先生が、「こちらへ」と言って左の手のひらをベッドの方に差し出していました。

「あ、はい」

もう一度返事をしながら渓太郎をベッドに寝かせて、私が渓太郎の下着を首元までまくり上げると、先生は、「では、はじめますね」と言って、持っていた超音波の機械を丸々とした渓太郎のお腹に当てました。すると、先生の目の前にある画面にお腹の中のようすが映し出され、先生はそれを食い入るように見つめました。手元の機械を右に動かしたり左に動かしたり、ときには強めに押し付けたりしながら先生は、まばたきもせずにじーっと画面を見つめています。そして、しばらくすると先生は、画面に向かって軽く二回うなずいた後、私の方を向いてA小児科の先生と同じことを言いました。

「大変なことです」

「はい……」

私は小さな声で返事をすると、次にくる言葉に備えて、少し深めの息を吸って身構えました。

すると先生は、画面に映った映像を指さしながら静かにはっきりと言いました。

「これが右の腎臓ですが、腎臓のほぼ全部が腫瘍です」

（全部が……。……腎臓の全部が……）

先生の言葉は、私があらかじめ備えておいた構えを簡単に打ち破り、私は思いっきり強く胸を押されたかのように、吸った息がそのまま止まりました。それでもどうにか無言で二回うなずくと、先生は手元の機械を少し動かして、今度は体の左側を映し出して言いました。

「これが左の腎臓です。これくらいの子だと、これがふつうの大きさです」

そう言うと、もう一度右の腎臓を映し出して、左右を比べるように言いました。

「右の腎臓はこんなに大きくなっています。腫瘍は直径八センチくらいはありそうです」

（八センチ……。こんな小さな体の中に八センチ……）

私は渓太郎のお腹を見ながら、頭の中で腫瘍の大きさを測りました。右のわき腹から体の中心に向かって視線をずらしていくと、八センチくらいところにはちょうどおへそがありました。

（……お腹の半分が腫瘍に埋め尽くされているんだ……）

そのことがわかると、私はそれまで逃げ場にしていた「腫瘍」という言葉の、本当の意味をきく覚悟をしました。

「腫瘍って……。腫瘍って、がんということですか？」

「はい。あきらかに悪性です」

（……もうごまかしが効かない……）

それががんだとわかってしまえば、もうききたいことは一つだけでした。

「渓太郎は生きられるのですか？」

強い口調できく私に、先生はかすかに表情を穏やかにして言いました。

「この映像からだと、たぶん腎芽細胞腫だと思います。これだけではっきりわかりませんが、腎芽細胞腫だとしたら、ほとんどが助かります」

（……助かるがんなんだ……）

ずっとつまり続けていた息がわずかに口から流れ出た感じがして、それと同時に力を入れ続けていた体中の筋肉の、胸の部分だけが少しだけ緩んだ気がしました。

そんな私に先生が言いました。

「これからCTを撮りますので、一緒に来てください」

ちょうどそのころ、兄から連絡を受けていた主人が到着しました。主人の顔を見るなり私が、「渓ちゃん、がんだって……」と言うと、主人は何も言わずにわずかにうなずくと、上下のくちびるに力を入れてギュッと固く閉じました。

兄から話を聞いているのか聞いていないのか、主人の方からは私に何もきいてきませんでした。

その後、ひと通りのCT撮影が終わると、私たちはあらためて診察室に呼ばれました。中に入ると、先生の机の正面にはCTで撮影された写真が並べられていて、後ろから電気が当てられた瞬間に渓太郎の腎臓がくっきりと映し出されました。すると先生はその写真に目を向けたまま、はっきりとした口調で言いました。

「やはり、これは腎芽細胞腫でしょう。右の腎臓のほとんどに腫瘍が広がっています」

「はい……」

「でもこれを見た限りでは、他の臓器への転移はないようです。肺やリンパもきれいなので転移はしていないようです」

先生のその言葉を聞いて、私はもう一度、確認をするように言いました。

「じゃあ、渓太郎は生きられるんですね？」

「腎臓はかなり独立していますし、脂肪で厚く覆われている臓器ですので、悪いところを取って、抗がん剤を投与すれば良くなると思います。私が担当していた子も同じ病気でしたが、今は元気に保育園に通っています。渓太郎くんは転移もしていませんし、大丈夫だと思います」

（そっか……同じ病気で、実際に治った子がいるんだ……）

胸につかえていた息をようやく全部吐き出すことができました。それだけわかれば、私はもうなにもきくことはありませんでした。

そんな私と入れ替わるかのように、今度はそれまで黙っていた主人が先生にききました。

「手術って、右の腎臓をまるごと取るってことですよね？」

「はい。そうなると思います。腎臓は二つあるので、一つ取ってしまっても大丈夫です。手術がうまくいけば、のちのち後遺症がでることもほとんどないと思います」

それを聞くと私は、主人の方を向いて小さな声で言いました。

「腎臓でよかったよね……」

「う、うん……」

主人は、まだそうは思えない、というような返事をしました。

私と主人が話をしていると、先生が後ろにいた看護師さんから何枚かの書類を受け取りながら私たちに言いました。

「渓太郎くんの手術はこの病院ではできませんので、私の方で安曇野にあるこども病院に紹介状を書きます。ベッドが空きしだいこども病院の方に行ってもらいますので、今から確認の電話をしてみますね」

先生は、書類を見ながら電話をかけて、私たちに話してくれたことと同じことを伝えました。そして、しばらく話をすると、最後に、「では、十三日にお願いします」と言って受話器を置き、少し安心したように私たちに言いました。

「十三日に移れるそうです。今日が……えっと、九日なので、あと四日ですね。それまで特にすることはありませんが、念のため、十三日まではこちらの病院に入院をしていただきますね」

「えっ！　渓太郎一人で、ですか？」

私が、とても一人では置いて行けませんというように、渓太郎をギュッと抱きしめながら言うと、先生はあわてたように言いました。

「いえ、いえ。渓太郎くんはまだ小さいので、お母さんも一緒に泊まっていただけますよ」

「ああ、良かった。よろしくお願いします」

それから私は看護師さんに案内されながら病室に向かいました。シーンと静まり返った廊下を歩いていると、なぜか足元がふわふわと浮くような不思議な感覚になりました。たった一日のうちに、あまりにたくさんの衝撃的なできごとが起きて、そのたびに不安になったり、混乱したり、身構えたりしているうちに私の体は、いろいろなところの感覚がなくなってしまうほど疲れ切っていたのです。

看護師さんのあとについてしばらく歩くと病室に着きました。案内された部屋は四人部屋でしたが、他のベッドの周りにはすでにカーテンが引かれていて、私たちが入院するスペースだけが開け広げになっていました。

（え？　もう就寝時間過ぎてるの？）

壁にかかっている時計を見ると、夜の十時をとっくに回っていて、いつのまにかそんな時間になっていたことにびっくりした私は、あわてて看護師さんに言いました。

「もう大丈夫です。遅い時間までありがとうございました」

そして、何もしないでそのまま、渓太郎と二人で布団に入りました。ボーッと天井を見ていると、その日の朝、渓太郎と一緒に遊んだことがよみがえってきました。

「渓ちゃん、渓ちゃん。いない、いない、ばあ」

両手で顔を覆った私が渓太郎の目の前で勢いよく手を開くと、渓太郎は手足をバタバタさせながら、キャーキャーと大笑いをはじめました。

そんな渓太郎の顔を嬉しそうに見つめながら、何度も何度も「いないいないばあ」を繰り返す私……。

（あのときは……まさかこんなことになるなんて思ってもいなかたのに……）

頭の中に映っている渓太郎と私があまりにも幸せそうにはしゃいでいることが切なくて、私はただただ涙があふれました。

（あの数時間後に、渓太郎にがんが見つかるなんて……。もう家に帰れないなんて……）

私は声を出すこともなく、鼻をすすることもなく、ただひたすらに泣き続けました。しばらく泣き続けて頭がボーッとしてくると、「もしかしたら夢なのかもしれない」と思えてきて、私は涙で腫れた目を精いっぱいに見開いて周りを見渡しました。でも、いくら周りを見渡してみても、やっぱりそこは病室で、天井には長い蛍光灯が並んでいて、横には仕切りのカーテンが引かれていました。

そんな「もしかしたら夢なのかもしれない」と思いたい気持ちと、「これが現実なんだ」と自分に言い聞かせる気持ちの間を行ったり来たりしているうちに四日間が過ぎ、こども病院へと転院する日がやってきました。

こども病院へ

一月十三日の朝早く、私たちは長野日赤から直接こども病院へと向かいました。こども病院に着くと、すでに連絡を受けていた看護師さんが、受付まで私たちを迎えに来てくれました。

「中村渓太郎くんですね。ご案内しますのでこちらにどうぞ」

そう言ってゆっくりと歩きだす看護師さんの後についていくと、たくさんの患者さんが長椅子に座って診察を待っているなか、私たちは待つことなくすぐに診察室に通されました。

（やっぱり、大変な病気なんだ……）

そんな特別扱いの一つひとつが、私にことの重大さを感じさせました。

診察室に入ると、穏やかそうな表情をした男性医師があいさつをしてくれました。

「こんにちは。腫瘍科の桜井です」

両ひざをピッタリとくっつけて、静かに頭をさげるその姿から、大変でしたねという隠れた言葉が聞こえてくるかのようでした。

（きっと今までこの場所で、私たちのような患者家族をたくさん見てきたんだ……。患者家族が悲しむ姿を何度も何度も見てきたんだ……）

度重なる経験のある人だけができるあいさつのように思えました。

主人も同じことを感じたのでしょう。それまで、私には気丈にふるまっていた主人が、先生には頼み込むようにあいさつをしました。

「中村と申します。先生……どうぞよろしくお願いします」

先生の机の正面には、あらかじめレントゲン写真が並べられていました。はじめに看護師さんに渡してあった、長野日赤で撮影された写真です。

先生はその写真を見ながらひとこと言いました。

「やはりこれは、腎芽細胞腫の可能性が高いですね」

「外科の宮坂先生にも一緒に見てもらうようにお願いしてありますので、ちょっと待っていてくださいね」

そう言って、いったん診察室を出ていきました。しばらくして桜井先生が診察室に戻ってくると、すぐ後ろには桜井先生ととても似た雰囲気の男性医師が立っていました。私がその医師に向かって軽く頭を下げると、桜井先生がその男性医師を紹介してくれました。

「外科の宮坂先生です。とても信頼のおけるベテランの先生なので、一緒に写真を見てもらいます」

「はじめまして。宮坂です」

宮坂先生は軽く頭を下げながら、「お邪魔します」と言うかのようにゆっくり診察室に入ってくると、そのまま机の横に行き、レントゲン写真を食い入るように見ながらつぶやきました。

「これは間違いなく悪性腫瘍ですねえ」

「腎芽細胞腫ですかね」と桜井先生が言うと、宮坂先生はさらに写真に顔を近づけて、少しため息が混ざったような口調で言いました。

「そうだと思いますが、それにしてもこれは大きいですね……」

（……渓太郎、本当に大丈夫なの……）

先生同士がとても慎重にやり取りをしていることや、はっきり腎芽細胞腫だと言ってくれないことに不安を感じた私は、二人の先生の顔を交互に見ながらききました。

「先生……渓太郎は治るんですか？」

すると、桜井先生は穏やかな顔で私を見つめて、私の心の中から一つひとつ不安を取り除くかのように、優しい口調で丁寧に説明をしてくれました。

「ひとことで小児がんと言っても、いろいろな種類があって、今では完治するものもたくさんあります。ただ、それも、病気がはっきりしなければ、なんとも言えません。今後の予定としては、まずは手術をして、右側の腎臓を摘出します。そして、取った腎臓を検査に出して、そこでやっと病名がはっきりします。病名がわかったら、どんな化学療法や放射線療法をやるのかを考えていきます。まずは、今日から入院してもらって、明日、CTとMRIをやりましょう。これからお父さんには入院の手続きについてお話させていただきますので、お母さんには看護婦が病室を案内します」

新しい生活のはじまり

「こちらが渓太郎くんが入院するお部屋になります」

看護師さんに案内された病室は、腫瘍科病棟のいちばん奥にある広めの個室でした。私は二十四時間の付添看護を希望したので、その日から、そこが私の生活の場となりました。

（この場所でこれから私は、渓太郎とふたりで生活するんだ……）

私は自分に言い聞かせるように、入り口から病室の中を見渡しました。

真っ白な壁と真ん中に置かれた柵の付いたベッド、その周りを囲むように吊るされた生成りのカーテン、ベッドの隣に置かれた扉の付いた棚……。

今まで慣れ親しんできたものがなにひとつない病室の中を見ていたら、いつのまにか、知らない街に渓太郎と二人で放り出されてしまったような気持ちになって、私は腕の中の小さな渓太郎にすがるように言いました。

「渓ちゃん……。渓ちゃん……」

するとのどの奥の方から、声にならないかすかなつぶやきが聞こえてきました。

（家に帰りたい……。幸せだった数日前に戻りたい……）

現実を受け止めきれずにただボーッとしながらベッドに座っていると、ゆっくりと入り口の扉が開いて、桜井先生と一人の女性医師が入ってきました。私が二人に向かってほんの少し頭を下げると、桜井先生は開いた左手を女性医師の方に向けながら言いました。

「中村さん、主治医の先生を紹介します。これから渓太郎くんの治療を主にやってもらう佐藤先生です」

「これから渓太郎くんの主治医をさせていただきます佐藤です。よろしくお願いします」

女性医師は緊張気味にそう言うと、手を体の前で組みながら深く頭を下げました。私もその女性医師を真似るように深く頭を下げて言いました。

「よろしくお願いします」

すると私が頭をあげるのと同時に、桜井先生が自信を持った口調で言いました。

「これからは佐藤先生に何でも相談してください。入院が長くなれば、お母さんもきっと大変なこともあるかと思います。渓太郎くんのことだけじゃなくて、お母さん自身のことでもなんでも、安心して相談していただける先生です」

私はあらめて頭を下げながら言いました。

「よろしくお願いします」

でもそう言いながらも、心の中では別の言葉をつぶやいていました。

（……やっぱり……大変なんだ……）

「安心して相談できる先生です」という桜井先生の優しい言葉よりも、「お母さんもきっと大変なこともあるかと思います」という言葉の方が、自分の未来を暗示しているかのように聞こえて私の心に深く染みついたのです。

翌十四日は朝からＣＴとＭＲＩ撮影をしました。検査の前には安心して受けられるようにと、看護師さんから詳しい説明がありました。「何を知るための検査なのか」、「どのように行われるのか」、「痛みはあるのか、ないのか」、「所要時間はどれくらいなのか」……。いくら説明されても、渓太郎が元気になること以外はどうでもよくなっていた私は、ただ「はい」「はい」と中身のない返事だけを繰り返していました。そんななか、唯一心配だったのが、長い検査に渓太郎がぐずったりしないだろうか……ということでしたが、撮影中は睡眠薬を投与したので、渓太郎は最初から最後まで眠ったままなにごともなく検査が行われました。

そして、その翌日には、ＣＴとＭＲＩの結果を聞くために、主人と私が面会室に呼ばれました。ＣＴ検査は長野日赤でも行われていたので、同じような説明があるのだろうと思うと、私はあらためて検査結果を聞くというよりも、少し先生とお話をするというような気持ちで面会室に向かいました。

「失礼します」

主人が頭を下げながら扉を開けると、テーブルの向こうには、固くかしこまった表情をした桜井先生と佐藤先生が並んで座っていました。「どうぞ、お座りください」という桜井先生の声に、軽く頭を下げながら席に着くと、桜井先生は表情をかえることなく、冷静な声で私たちに言いました。

「昨日の検査の結果ですが、リンパへの転移が認められました」

心をどうにか支えていた柱を、いきなり一本抜き取られたような気持ちになって、私は
（転移……。そんな……）

「そんなはずない」というかのように言いました。

「先生、長野日赤では転移はないと言っていました。転移がないから治るだろうって……」

すると先生は、少し切なそうに目を細めながらもときどき首をたてに動かして、私に現実を受け止めさせるかのように言いました。

「この病院に移る間に転移した可能性が高いです。これほど短期間で転移してしまうということは、とても進行が早いということです」

（……そんな……）

先生の言葉が、一本支えがなくなってグラグラになった私の心を横からグイッと押しました。私は今にも倒れてしまいそうな心を必死で立て直しながら、机の下で右手を広げて、はじめて長野日赤に行った日からCTが撮影された十四日までを数えました。

（十日、十一日、十二日、十三日、十四日……。十、十一、十二、十三、十四……。十、十一、十二、十三、十四……）

親指から順番に一本ずつ指を折っていくと、何度数えても小指を折った時点でストップし、私の右手は固く握られました。私はそんなグッと握られた右手を見ながら思わずつぶ

やきました。

「……五日間……。たったの五日間の間に……」

そして、私は自分でも気がつかないうちに大きな声で言っていました。

「先生、転移していても治るんですか？」

そんな私に先生は、あえてゆっくりと冷静な口調で言いました。

「はっきりしたことは言えませんが、腎芽細胞腫であれば治りやすい病気です。ただ、転移があることを考えると、そこまで安心はしていられないと思います。まずは二十一日に腎臓の摘出手術を行って、はっきりとした病名がわかるのを待ちましょう」


あまりにも早く転移をするということがわかってからは、私は朝が来て夜が来て、また朝が来て夜が来てという、当たり前の時間の流れにイライラするようになりました。

「なんでこんなに時間が流れるのが遅いの！」

イライラは、ときに大きな怒りにもなりました。

私は怖かったのです。

時計が「カチッ」と一秒を刻む間に、ガン細胞は「カチ、カチ、カチ」と三倍くらいの速さでリズムを刻んでいるような気がして、右腎の摘出手術をする前にまたどこかに転移するのではないかと、いても立ってもいられなかったのです。

私のイライラのほこ先は、せっかちながん細胞にも向かいました。

「そんなに早く進行して、もし渓太郎が死んだら自分たちだって生きてはいられないんだからね！」

声の届かない相手だとわかっていても、私は心の中で何度も何度も叫びました。

あまりの速さで渓太郎の体を乗っ取ろうとしているがん細胞は、私にとってこのうえなく無情で卑怯で、憎んでも憎み切れない相手でした。しかし、いくら私が叫んでみても私の想いが伝わるはずもなく、叫べば叫ぶほど心の中はクタクタに疲れて、最後にはどうにもならないむなしさがぼんやりと残るだけでした。

右腎摘出手術

転移がわかってから六日後、ようやく手術の日が来ました。

「やっとこの日が来た……。やっとだあ……」

六日間休むことなく続いたイライラで体の芯から疲れ切っているところに、「やっと大きながんの塊を取り去れる」という、ため息がでるような安堵感が加わった途端、私の心は一気に力が抜けてダランと下に垂れ下がったような状態になりました。

そんななか、外科の宮坂先生からの手術の事前説明がありましたが、そのときは首をたてに振りながら聞くのが精いっぱいで、私はすべての説明が終わったあとに、ひとことだけ言いました。

「よろしくお願いします」

手術は予定通り九時から開始されました。

ガラ、ガラ、ガラ
手術室の前で渓太郎がくるのを待っていると、廊下の向こうから宮坂先生と桜井先生と佐藤先生、あとは数人の看護師さんに囲まれたストレッチャーがこちらに向かってやってくるのが見えました。

「渓ちゃんだね」

一緒に待っていた主人に言うと、主人はストレッチャーをじっと見つめたまま小さくうなずきました。しばらくして私たちの前まで来るとストレッチャーはいったん停止し、すでに眠っている渓太郎に代わって、佐藤先生がほんの少し笑顔を浮かべながら言いました。

「お父さんお母さん、じゃあ行ってきます」

先生の笑顔と明るい声が、「元気になって戻ってくるね！」と言っているように聞こえて、私は渓太郎の頭をなでながら耳元に顔を近づけて、渓太郎を安心させるように静かに言いました。

「渓ちゃん、がんばってね」

すると、主人も渓太郎の頭をなでながら、ちょっと力強い声で言いました。

「渓太郎、がんばれよ！」

主人と私が一言ずつ声をかけ終わると、佐藤先生は一回コクッとうなずいて、また優しい笑顔を浮かべながら言いました。

「じゃあ行ってきます」

それと同時にストレッチャーが動き出し、渓太郎は銀色をした厚い扉の向こうへと連れていかれ、渓太郎を取り囲んでいる全員が手術室の中へ入った瞬間に、サーッと自動で扉が閉まりました。

私は自分と渓太郎を切り離した銀色の扉を見つめながら、つぶやきました。

（あとは宮坂先生に任せるしかない……）


手術中は病室に戻って、渓太郎が帰ってくるのを待ちました。

その間、私はベッドのわきにほんの少しだけお尻を置いて、床にピンと伸ばした両足をつっかえ棒のようにした姿勢で、はじめてこども病院に来たときに桜井先生が言っていた言葉を何度も何度も思い出していました。

「宮坂先生は、とても信頼のおけるベテランの先生です」

（宮坂先生だから大丈夫。絶対に大丈夫）

下を向きながらそんなことを繰り返していると、急に目の前にコーヒーが現れました。えっと思って顔をあげると、缶コーヒーを持った主人が言いました。

「コーヒーでも飲みながら待っていようよ。大丈夫だよ。渓太郎は元気になって戻ってくるよ」

「そうだね。ありがとう。コーヒーでも飲もうか」

そう言いながらも私はいつまでも両手でコーヒーを握りしめていて、結局、最後までふたを開けることはありませんでした。


手術開始から五時間後の午後二時ごろ、ようやく渓太郎が病室に戻ってきました。佐藤先生に抱かれながら病室に入ってきた渓太郎は、なにがあったの?とでもいうかのように目をぱっちりと開けて私の方を見つめました。私はあまりにも手術前と変わらない渓太郎の姿にびっくりして、先生にききました。

「え?　もう普通に抱っこして大丈夫なんですか?」

先生は、渓太郎を私に渡しながら明るい声で言いました。

「はい。もう普通にしてもらって大丈夫です。たぶん痛みもほとんどないと思います」

そして、今度は声のトーンを少し落として、少しかしこまったように言いました。

「手術は無事成功しました。渓太郎くん、がんばりましたよ」

「良かった！　ありがとうございました！」

「もう少ししたら、宮坂先生が説明に来ると思うので、ここで待っていてくださいね」

そう言うと先生は病室を出ていきました。先生がいなくなると、私は腕の中の渓太郎のほっぺと自分のほっぺをくっつけながら言いました。

「渓ちゃん、がんばったね。渓ちゃん、えらかったね」

包み込むようにギュッと渓太郎を抱きしめると、私の心はほわんとした温かさに包まれました。

（やっと私のところに戻ってきてくれた……）

渓太郎を抱っこしながらホッとしていると、

「失礼します」と言いながら、宮坂先生が病室の中に入ってきました。私は入り口に先生の姿が見えた途端に、大きな声でお礼を言いました。

「先生、ありがとうございました！」

先生はちょっと照れたような笑顔を浮かべて、小さな声で言いました。

「手術は成功しました。右の腎臓を取ったあとは、リンパに転移したものも取りました。目に見えるものはすべて摘出しました」

それを聞いた瞬間、私はおもわず叫びました。

「うわあ！　良かったです！　本当にありがとうございます！」

（本当にすごい先生だ）

私は久しぶりに気持ちが晴れ晴れとしました。渓太郎のお腹の中に居座っていた腫瘍が摘出されたのと同時に、私の心の中に居座っていた「リンパへの転移」とか「右腎の腫瘍」といった言葉も一緒に摘出されたかのように胸のあたりがすっきりとして、やっときれいな空気が通いだした気がしました。私はそんな気持ちにしてくれた宮坂先生に、約束する気持ちで言いました。

「先生、本当にありがとうございました！　私もがんばります」

そんな私の姿を、いつのまにか病室に入ってきていた桜井先生がニコニコしながら見ていました。その笑顔からは、桜井先生の自信に満ち溢れた声が聞こえてきそうでした。

（ほら！　ぼくが言った通り、宮坂先生素晴らしいでしょ）

そんな先生の笑顔に、私も思いっきりの笑顔を作って頭を下げました。

そして、それまで渓太郎の体の中に居座っていたがんの塊は、今度はその正体をはっきりと明かしてもらうために病理検査へと出されました。

余命宣告

病理検査の結果が出るのは手術から一週間後の予定でした。私はその間ずっと、祈っているともすがっているともいえないような気持ちで、同じことを考え続けていました。

（「腎芽細胞腫」であってほしい……。治療すれば治る病気であってほしい……）

「きっと大丈夫だ」と思おうとしても、それまで検査をするたびに、正面から思いっきり胸を突かれるような結果ばかりを聞かされてきた私の心からは「でも……また……」という言葉ばかりが湧きあがってきました。期待と不安と、今まで辛い結果ばかりを聞かされてきた経験が、グルグルと渦巻いているうちに、私は自分の心がもうこれ以上傷つかないように、期待だけをぎりぎりのところまで消し去るようになっていました。

「どんな病気だったとしても、命だけ助かればそれでいい。ただ命だけ助かればそれでいい。もうそれ以上は望まない……」

そう決めることで、どんな結果が出たとしてもきちんと受け止めて、渓太郎を元気にすることができると思っていたのです。


結果が出たのは思ったよりも早く、手術から四日後でした。

その日、主人と私ははっきりとした病名を聞くために面会室に呼ばれました。病室から面会室まで歩いている間ずっと、私は主人に同じことを繰り返し言いました。

「命さえ助かればそれでいいよね」

「生きていてくれればそれだけでいいよね」

私のそんな言葉に、主人も繰り返し同じことを言いました。

「うん。それだけでいい」

面会室の前に着くと、主人は入り口の取っ手を握って一回フウッと息を吐いてから扉を開けました。

「失礼します」

大きく開いた扉の向こうに桜井先生と佐藤先生の顔が見えた瞬間、私は検査の結果がわかりました。

(良くない……)

そうわかると、私はあわてて自分で決めた言葉を心の中でつぶやきました。

(命さえ助かればいい。生きていられればそれでいい。命さえ助かればそれでいい……)

私たちが席に着くと、四人の間に数秒間の沈黙が流れました。それは「話す覚悟」と「聞く覚悟」を作るための、無言の予告のような時間でした。そんな沈黙の時間の間も、私は心の中でつぶやき続けました。

(命さえ助かればそれでいい……)

しかし……。

そんな私の耳に届いてきた桜井先生の言葉は、私の覚悟なんかではとうてい乗り越えることができないほど、残酷で絶望的なものでした。私の心を深く削り落とすような言葉が、次々と桜井先生の口から出てきました。

「渓太郎くんの病気は非常に難しい病気です。ほとんど症例のないとても珍しい種類の腫瘍で、今まで東京近郊でも三例しか発症例がありません。発症例がないということは、治療方法も確立されていないということです。治す方法がわかっていないということです。予後も非常に悪い腫瘍です。世界的に見ても、今までこの病気で助かった例は一例もありません。いちばん長く生きた例で、発症から一年間です」

「……一年……そんな……」

私はあまりのショックで意識が遠のき、自分の体が宙に浮いてグルグルと回りだしたような感じがしました。自分がどこにいるのかもわからないような状態になって、発狂したくてもわずかな声すら出すことができませんでした。そして、次の瞬間、ほとんど意識を保てなくなっている私の心に、とどめが刺されました。

「渓太郎くんの余命は、あと三か月です」

（……）

一瞬、私の意識が途切れました。

ふわふわと宙に浮いていた体が消えて、頭の中が一面霧に覆われたような状態になりました。

（これは……現実なの……）

今いる場所が空想の世界なのか現実なのかわからなくなって、心の中でひとりさまよっていると、隣からポツリとつぶやく主人の声が聞こえてきました。

「渓太郎……」

あまりにはっきりと聞こえてきた主人の声にハッとして、私はやっと目の前の世界が現実なのだと理解しました。するとその瞬間、心臓が爆発してしまいそうな感覚に襲われて、私は心の中で必死に叫びました。

(そんなのヤダ！　絶対にヤダ！)

心の中で叫び続けながら私は、せめてもう一度だけ……ほんの少しだけでもいいから「生きられる」という可能性が見たくて、あわてて先生を問い詰めました。

「治療すれば治るんですよね?」

「渓太郎は死なないですよね?」

「どんな方法でもいいから治してください……。渓太郎が生きているだけでいいですから……」

しかし、なにを言っても、先生の口から私のほしい言葉が出ることはありませんでした。

(もう……いい……)

どうすることもできないのだとわかると、私は目に涙をためながらも決してその涙を流さないようにして、最後に自分に誓うように言いました。

「もういいです……。もう……。医療で治せないなら、私の愛情で渓太郎を治します」

そう言い切った後、まぶたいっぱいに溜まっていた涙がぽろぽろと頬を伝って流れ落ちました。

強い口調で自分への誓いを宣言した私の胸の中では、もう一人の自分が手で顔を覆いながら泣き崩れていて、今にも消えそうな声でつぶやいていました。

「今までの幸せはなんだったんだろう……。何か月間もずっと、お腹の中の渓太郎に会える日を楽しみにしてきて……。やっと渓太郎に会えて……。私の人生の中でいちばん感動して……。あまりの小ささにびっくりしたはじめてのだっこも、はじめてのおっぱいも、はじめてのおむつ替えも、全部が珍しいこと続きで、全部が幸せで……。すごく、すごく幸せだったのに……。幸せがずっと続くと思っていたのに……」

第二章　渓太郎が産声をあげるまでのこと

「私はずっとお母さんになりたかったんだ……」

私が渓太郎を身ごもったのは、結婚してまもなくの二十五歳のときでした。なんとなく体がだるい日が続いたので、市販の妊娠検査薬を使って検査をしました。たぶん違うだろうなと思いながらでしたが、しばらくすると妊娠の可能性を示す陽性反応がうっすらと表れました。

「妊娠している！」

ハッとしたすぐ後に、私は心の底から湧いてくる震えるくらいの喜びを感じて、「私はずっとお母さんになりたかったんだ……」という、今まで気がつかなかった熱い思いを知ったのです。

確かに、子どものころ、「将来の夢は？」ときかれても、周りの同級生のように「学校の先生」とか「歌手」とか「スチュワーデス」などと答えることができずに、私はいつでも「お嫁さん」とか「お母さん」と答えていたのを覚えています。当時、自分には夢がないのかもしれないと思ったこともありましたが、渓太郎の妊娠がわかったときに、はっきりと「私は本当にお母さんになりたかったんだ」と、やっと自分に素直になれたような、長い間持ち続けてきた夢が叶ったような気持ちになりました。

でも、はじめての妊娠はわからないことだらけでした。妊娠が確認できてまず困ったのが、どこの病院に行ったらいいのかということです。それまでに行ったことがある病院といえば、年に数回風邪で行く内科くらいで、産婦人科がどこにあるのかさえわかりませんでした。いちばん身近な先輩である母にきいても、転勤族だったため地元で出産した経験がありません。困った私は、すでに出産経験のある友人何人かをランチに誘って、おすすめの産婦人科をきいてみることにしました。するとすすめてくれるのは、やっぱりみんな自分が出産をした病院でした。

「私が生んだ病院は、食事を洋食か和食かで選べるし、とってもおいしいよ」

「私が行っていたところは病室がホテルみたいできれいだったよ」

「私が行っていた病院は、退院のときにかわいい育児日記がもらえるよ」

そんな話を聞きながら、みんながまるでホテルを予約するかのように病院選びをしていることにびっくりしていると、ひとりの友人がこんなアドバイスをくれました。

「出産は病気じゃないから、自分の好みで選べばいいんだよ」

（そっか！　自分の行きたい病院でいいんだ！）

そう思うと、病院はすぐに決まりました。

「好みで選べるなら、和食か洋食で選べて、おいしい食事の出る病院がいい」

自宅から車で二十分くらいのところにあるその産婦人科は、ホテルのシェフが食事を作っていて、おやつにはケーキも出るという話でした。

（なんて贅沢な入院なんだろう。かわいい赤ちゃんを抱きながらおいしし食事と、おまけにケーキも食べられるなんて……）

そんなことを考えていたら、その前に出産という大仕事があることなどすっかりと忘れていました。

はじめての産婦人科

病院が決まると、さっそく翌日には病院に行くことにしました。そんな私に、母は昔の感覚で言いました。

「妊娠は病気じゃないんだから、そんなに早く病院に行かなくても大丈夫だよ」

お母さんも昨日の友だちと同じことを言っていると思いながらも、私は母の言葉を聞き流すことにしました。なぜなら、私にはどうしても早く病院に行きたい理由があったのです。前の日、ひとりの友人が言っていた言葉が、私を一刻でも早く病院に行きたいという気持ちにさせていました。

「病院に行くとね、お腹の中の小さな赤ちゃんの映像を見せてくれるんだよ」

私はお腹の中の小さな赤ちゃんを見たい一心で病院に行きました。

はじめて入る産婦人科は、いつも行っている内科とはまったく違う雰囲気で、白い花柄の壁紙やピンクのソファー、患者さんもみんな自分と同年代か少し年上の女性ばかりです。

なかには、大きなお腹を両手で抱えている人や生まれたての赤ちゃんを抱っこしている人もいて、そのときの私にとってそれは、今まで見たことがないとても珍しい光景でした。そんな様子を待合室でずっと見ていたら、はじめは少し戸惑っていた私もどんどんとその気になってきました。

(まだ、お腹は大きくないけど、私も妊婦さんなんだ)

そんな実感が湧いてきて、大きなお腹をしている人を目で追いながら、私も早くふわふわした妊婦服を着たいなとか、春になったら私のお腹もあんな感じになるのかなとか、転ばないようにペッタンコの靴を履くんだなとか、数か月後の自分の姿を重ね合わせながら、ワクワクした気持ちで自分の順番がくるのを待ちました。

しばらくすると私の名前が呼ばれました。

「中村さーん」

「はい!」

大きな声で返事をして診察室に入ったものの、いざ先生の前に座るとなんと説明したらいいのかわからなくなり、私はとりあえずそのままをストレートに伝えました。

「妊娠検査薬で陽性だったので来ました」

明らかにはじめて受診をする新米妊婦さんという感じの私に、先生は優しく言いました。

「では、ちゃんと病院でも妊娠検査をしましょうね」

検査の結果が出ると先生は、私にニコニコと笑いかけながら明るい声で言いました。

「おめでとうございます。妊娠していますよ」

（わあ！　すごい！）

わかってはいたものの、あらためて先生から「おめでとうございます」と言われると、「ありがとうございます」と答えるよりも、なんだか自分の身にすごいことが起こったような感じがして「ワー！」と叫びたくなるような気持ちでした。

その後血液検査をするために、診察室の隣の部屋で看護師さんに採血をしてもらっていると、その看護師さんが私の耳元で明るく弾むような声で言いました。

「病院で『おめでとうございます』っていう言葉を聞けるのはね、産婦人科だけなのよ」

（なるほど！　確かにそうだ！）

そう思った瞬間、友人や母が言っていた言葉を思い出しました。

「妊娠は病気じゃないんだから……」

（そっか。産婦人科は病院のなかでもちょっと特別な場所なんだな）

そして、最後に私が楽しみにしていた超音波検査が行われましたが、赤ちゃんを映像で確認するには早すぎて、残念ながらその日は赤ちゃんの姿を見ることはできませんでした。

期待していた赤ちゃんの映像は見られませんでしたが、私は充分でした。赤ちゃんの存在がちゃんと確認できた安堵感と、はじめて妊婦さんとして扱ってもらえた、ちょっと照れてしまうような満足感で、私の心の中はいっぱいでした。

そしてその二週間後に行われた健診では、無事赤ちゃんの映像を確認することができました。そのときカメラに映ったのは、ただ丸いだけの小さな赤ちゃんでしたが、そんな小さな命が一人ぼっちで、懸命に私の体の中で生きているのだと思うと、なんだかとってもかわいそうな気持ちになってきて、私は小さな赤ちゃんをかばうように自分のお腹を両手で包み込みました。

これがはじめて渓太郎を見た瞬間です。

そしてその日から私は、いつでも両手で自分のお腹を抱えるようになっていました。


「やっぱり男の子だって!」


渓太郎はお腹の中で順調に大きくなり、妊娠六か月くらいからは、もぞもぞと動いているのも感じられるようになりました。はじめは、あれ?私のお腹が鳴っているのかなと思う程度でしたが、しだいに動きも活発になり、七か月の終わりころには、お腹の皮が破けてしまうのではないかと思うくらい力強いキックやパンチがとんできました。そのたびに、私は子どもを追いかけ回している自分の未来を想像しました。

(きっとこれは男の子だなあ。しかも、かなりのやんちゃ坊主だぞ。大変な子育てになりそうだなあ)

私の予想は的中していました。

八か月目の健診のとき、先生から、「きっと、男の子ですね」と言われ、私はおもわずつぶやきました。

「やっぱり！」

そして、健診が終わるとこのことをだれかに伝えたくて、そのまま実家に行って、洗濯物を干していた母に向かって言いました。

「ねえ、お母さん！　お腹の子、やっぱり男の子だって！　子育て大変そうだよね」

すると母は、洗濯物をバンバンと上下に振ってシワを伸ばしながら言いました。

「なに言ってんの。お母さんなんて、お兄ちゃんより美幸を育てるのにどれだけ苦労したことか。おっぱいは思いっきりかじって痛いし、夜も寝ないから、お母さんはいつだってお前をおんぶして真夜中に近所をうろうろ散歩してたんだよ。それに比べてお兄ちゃんはラクだったよ」

（ん……そうだったのかあ）

一気に肩身が狭くなりました。でも、そんな母の言葉の奥には、お前もお母さんになれば強くなるから大丈夫！というメッセージが隠れている気がして、大きな手でドンと背中を押されたような気持ちになりました。

そして、八月に入ると臨月を迎え、私のお腹は大きなスイカのようにパンパンに膨れ上がりました。先生からも、「もういつ生まれてもおかしくないからね」と言われた私は、たくましい母のもとで安心してそのときを迎えるために里帰りをしました。

「お母さん、もうすぐ生まれるからよろしくね」

そう言う私に、母はのんきな声で言いました。

「大丈夫、大丈夫。はじめての子はだいたい遅れるんだから……」

渓太郎誕生

私の体に出産の兆候が現れたのは予定日の前日、八月十二日の朝のことです。目が覚めて布団から出ようとした瞬間に、体の中から水が流れ出る感じがしました。

（え……なに？　これって破水？）

そう思ったのも束の間、どんどんと水が流れます。私はあわてて母を呼びました。

「お母さーん！　大変！」

私のもとに飛んできた母は、私を見た瞬間に大きく目を見開いて言いました。

「これは破水だわ」

「ええっ！　ねえ、破水って陣痛の後に来るんじゃないの？」

心配する私に、母は、「お前のときもはじめに破水したから大丈夫！」と、ちょっとうるさそうに早口で言うと、今度は大きな声で叫びました。

「お父さん！　バスタオル！」

ふだん父に命令することのない母が、大声で自分を呼んだことに父も焦ったのでしょう。父は夕べお風呂上りに自分で使ったバスタオルを母に渡しました。すると母はさらに大きな声で言いました。

「なにやってるの！　こんな汚いのじゃなくて、きれいなのを持ってきて！」

いつもは亭主関白の父も、このときばかりは母の言いなりです。あわてて洗面所まで走りましたが、家事を一切やらない父は、バスタオルのありかがわからずウロウロしています。そんな父に向かってまた母が叫びます。

「まったく！　洗濯機の上の棚！」

「洗濯機の……上？　あ、ここかぁ」

やっとバスタオルを見つけた父が、「これか？」と言いながら母に渡しました。すると母は奪うようにタオルを取ると、羊水が漏れないように手際よく処置をはじめました。そんな母の傍らで、何をしたらいいのかわからず困った顔をしていた父が、遠慮がちに小さな声で言いました。

「おれが病院まで運転していくか？」

「こういうときはお父さんじゃ役に立たないの。美幸、行くよ！」

そう言うと母は、車のカギを握って小走りで玄関に向かいました。そして玄関を出ようとしたときに母は、廊下で立ち尽くしている父に向かって付け加えるように言いました。

「お父さんは生まれてから来ればいいからね！」

「ああ」

ぼう然としながら父が言いました。

そして母が運転席、私が助手席に乗り込むと、母はこれから戦いにでも行くかのように気合の入った声で言いました。

「じゃあ行くよ！」

「あ、うん……」

（大丈夫かな……）

もともと運転が上手でないうえに焦っている母の姿に、私は心配で、心配で仕方ありませんでした。私からしたら、破水したことよりも母の運転の方がはるかに心配です。助手席の背もたれをいっぱいまで倒して横になっている私からは、緊張してピンと伸びた母の背中だけが見えます。私はそんな母の後ろ姿に向かって言いました。

「ゆっくり行けば大丈夫だからね」

「そんなに早く着かなくて大丈夫だからね」

「まだ陣痛きてないからね」

しかし、なにを言ってもピンと伸びた母の背筋がリラックスすることはありませんでした。

それでもなんとか無事病院に着くことができました。

（助かった……）

まだ出産はこれからなのに、これで半分以上の緊張が取れた感じです。

私がホッとした気持ちで受付の看護師さんに破水していることを伝えると、すぐに検査が行われ、そのまま陣痛促進剤を打つことになりました。そしてしばらくすると、何とか順調に陣痛はきましたが、子宮口がいつまでたっても開かず、急遽帝王切開での出産となりました。

（ええっ！　手術……）

まさか自分が手術をすることになるなんて思ってもいなかった私は、「手術」と聞いただけで、スーッと血の気が引く感じがしました。そしてさらに、控室の扉の隙間から見える手術台と、その上にある大きなライトがますます私の心を震え上がらせました。

あまりに予想外の展開に、私は心の準備ができないまま帝王切開を受けることになりましたが、手術からわずか数分後の午後五時四十八分、無事に渓太郎が誕生しました。

待ちわびたシェフの食事

渓太郎が誕生してしばらくすると、友人が次々とお見舞いに来てくれました。すでに出産経験のある友人との間で話題になったのは、やはり帝王切開のことでした。

「大変だったね。でも、陣痛はすごく痛いから帝王切開でトクしたかもよ！」

友人たちはそんな風に励ましてくれるのですが、実は私もかなりの陣痛経験者です。そんな私は、もうこりごりというかのように友人たちに言いました。

「実は陣痛も経験したんだよ。しかもピークまで……。でも、子宮口が開かなくて、結局帝王切開になったんだ」

「え、ええっ！　じゃあ踏んだり蹴ったりだったんだね！」

「ハッハッハ！　そうなんだよ。踏んだり蹴ったり！」

それまでずっと心の中で思っていたことを友人にズバリと言われて、私はおもわず笑ってしまいました。

でも、私の踏んだり蹴ったりは、実はそれだけではありませんでした。

それは、入院前からずっと楽しみにしていたシェフの食事がほとんど食べられなかったこと。食事が目的で決めた病院だったのに帝王切開後の栄養源はしばらくの間、点滴だけだったのです。

出産翌日の十三日は一日中点滴をしていました。

次の日、十四日は点滴五本と、氷をひとかけら。

次、十五日は点滴五本に、番茶を一杯。

私が入院していた病室は四人部屋だったので、私が点滴で栄養補給をしている間、周りのお母さん方はホテルのシェフが作った食事を三回、おやつを二回食べています。「点滴をしているからお腹はすかないですよ」と看護師さんは言っていましたが、周りに見える光景が私を空腹にさせました。

(見ないように、見ないように……)

いくら自分に言い聞かせても、やっぱり気になって見てしまいます。

(あの人は和食を頼んだのか。でも、私はあっちの洋食がいいな)

(あっ! ハンバーグ! おいしそう……)

そんなことを思いながら、私は残りの入院日数を数えました。

(入院十日間のうち、今日が三日目。あと残り七日間かあ……)

すると翌十六日に点滴交換にきた看護師さんが、私の心を舞い上がらせることを言いました。

「今日の夜から少し食事を摂ってみましょうね」

「やった!」

大喜びしたのも束の間、今度は私の気持ちを一気に急降下させる言葉が看護師さんの口から発せられました。

「はじめは三分がゆからはじめて、少しずつ固くしていきますね」

(え、ええっ！　三分がゆ？)

そんな気持ちで食べた三分がゆでしたが、絶食後の三分がゆは、今まで食べたどんな食事よりもおいしく感じました。それはきっと、シェフの作った洋食にも負けないくらいのおいしさだったと思います。

十七日になると、点滴は三本にまで減りました。点滴が減るということは、口から摂る食事が増えることを意味しています。その日は朝から食べられるということだったので、五分がゆを予想していました。でも、出てきたのは、また三分がゆ。

(え？　ちょっとずつ固くしていくんじゃなかったっけ？)

おかゆが固くならなければ普通の食事に行きつけないことが心配でした。

でも、がっかりした朝食のあとには、いきなり朗報が飛び込みました。

「お昼から普通食にしてもいいそうよ」

「やった！」

思ったより早い展開でした。私はさっそく、ずっと食べたかった洋食を注文しました。おかゆも絶品でしたが、やっぱりシェフの作った食事は最高でした。そして、その日の夜食にはうわさに聞いていたケーキも出ました。シェフの食事とおやつのケーキ。入院五日目にして、やっと私の願いがかないました。

結局、私がシェフの食事を食べられたのは、入院日数十日間のうち、半分の五日間でしたが、普通分娩では出てこない絶品のおかゆを食べられたことや、絶食後の食事のおいしさを知ることができたことを考えたら大満足でした。

そして、入院生活最後に食べたのは、退院祝いのケーキでした。いくつかあるケーキのなかから私が選んだのは、ラズベリージャムのかかった大好きなチーズケーキ。ケーキの横にはメッセージカードが添えられていました。

「ご退院おめでとうございます。
明日はいよいよ退院です。ゆっくり休めたでしょうか……。
これからは赤ちゃんのお世話で忙しい毎日、しっかり頑張ってくださいね。
院長　スタッフ一同」

このカードを見ながら誓いました。

「しっかりがんばります!　必ずこの子を幸せにします」

渓太郎へのメッセージ

この章のまとめとして、渓太郎誕生によせて育児日記に書いたメッセージをご覧ください。

「誕生おめでとう。これからの人生を、優しさと勇気と、男としてのプライドを持って生きてゆけ。そして、お母さんをいつまでも大切にすること」　父より

「私たちのもとに生まれてきてくれてありがとう。

渓流は陽の光をあびてキラキラ輝きます。

渓ちゃんの人生にも、のびのびと自由で輝きに満ちた、そんな未来が待っています。

お母さんは渓ちゃんが誕生してくれた時の感動をいつまでも忘れずに、渓ちゃんに幸せと喜びと自由を与え続けます。

渓ちゃんの成長が楽しみです。

いつかこの日記を開いた時に、自分がこんなにもお父さんとお母さんに愛されて育ったことを知るでしょう」　母より

第三章　はじめての子育て

里帰り

渓太郎出産後は、しばらくの間里帰りをすることになっていたので、私は病院から直接実家に帰りました。

「ああ、やっと普通の生活ができる」

ホッとして実家の玄関に入った瞬間、ほわんと力の抜けるような家庭のにおいがしてきて、私は渓太郎を抱いたまま廊下にベタッと座り込みました。そして、私の腕の中ですやすやと眠っている渓太郎を見ながら思いました。

（ああ……。これからが本番なんだ。きっと、すごく大変なんだろうな。まだ、なんにもわかっていないのにどうしよう……）

これからの子育てのことを考えていると、だんだん不安な気持ちになってきました。

そんな私の隣では、母がテキパキと渓太郎を寝かせるための布団を敷きはじめました。押し入れからあらかじめ準備しておいた真新しい布団を出しながら、一人でなにかつぶやいていています。

「どうだったっけなあ。生まれたての子を育てたのなんて、もう何十年も前のことだからすっかり忘れちゃったなあ。どうだっけなあ」

そう言いながら、何度も何度も首をかしげています。明るくつぶやくその姿を見ていたら、なんだかおかしくて、私はクスッと笑ってしまいました。

（なんだ。お母さんはやる気満々だな）

頼もしい助っ人がこんなにすぐそばにいることを思い出した私は、なんとかなる！という気持ちになりました。そして、さらに私をやる気にさせるかのように、母は割り切った口調で言いました。

「今も昔も、子育てなんてそんなに変わらないか。どうにかなるな。でも、自分の子どもじゃないから、適当にやるわけにいかないからなあ」

「え？　お母さん、私のとき適当にやってたの？」

「うん。適当、適当。だって、昔なんて教えてくれる人、だれもいなかったんだから……」

まあ、そうだけどと思いながら、母の敷いてくれた布団を見ると、固めのマットの上に真っ白なシーツが、ひとつのしわもなくピンと張られていました。なんだ、孫のときは全然適当じゃないんだと思いながら、私はピンと張られたシーツの上に、おくるみに包まれた渓太郎をそっと置いてみました。きれいにくるまれているその姿は、まるで大きなさなぎのようです。そして、そこから小さな顔をちょこっと出して、「ここはどこ？」と言うかのように、キョロキョロと周りを見わたしています。

（ふふっ、かわいい……）

「渓ちゃん、ここは、おばあちゃんちだよ」

そんなことを言っていると、いつのまにか隣には私の布団も敷かれていました。

「今のうちにお前も少し休んでおきなさい。また夜三時間おきに起きなくちゃいけないんだから」

「あ……うん。ありがとう」

なんだか、いつもと違うお客さんのような扱いに、ちょっと居心地が悪いような、緊張するような感じがしましたが、せっかく用意してくれた布団なので、いったん横になることにしました。そして、私は隣にいる渓太郎の頭をそーっとなでながら、入院中のことをいろいろと思い出しました。生まれた瞬間のことや、何度も何度も新生児室に会いに行ったこと、はじめておっぱいをあげたときのこと……。

すると、ふと、入院中にお見舞いに来てくれた叔母の言葉が浮かびました。

「いい子いい子って、たくさん頭をなでてあげると、頭がまん丸でいい形になるのよ。だからたくさんいい子、いい子してあげなさいね」

(そっかあ。こうやって「いい子、いい子」って頭をなでてあげるといいんだなあ)

手の中にあるふわふわの産毛の感触が、私の頭から胴体、足の先まで、すべてを幸せに包んでくれました。それは、渓太郎の産毛と同じように、ふわふわとした掴みどころのない「ただただ幸せ」としか言いようのない幸せでした。

渓太郎、実家統一

渓太郎がきてからは、実家は渓太郎の天下になりました。その権力は相当なもので、渓太郎が「わーん！」とひと泣きすると、すべての大人がいっせいに集合しました。父、母、兄、主人、私。小さな渓太郎の周りに大人五人が群がります。そんななか、父だけはいつもちょっと離れたところに立っていました。破水したときに、「こういうときは、お父さんは役に立たないの！」と言われたことが心に残っていたのでしょうか。「気にはなるけど手は出せない」と言ったようすです。

ほかの大人は泣いている渓太郎を真ん中に、何か大事件でも起こったかのように意見交換がはじまります。

「これは、お腹がすいているんじゃないか」

「おむつが汚れているんじゃないか」

「もしかしたらどこか痛いんじゃないか」

そんなことを言いながら順番に渓太郎を抱っこします。

当時独身だった兄も恐る恐る抱っこはしてみるものの、泣き止まないとすぐに、「うわ……どうしよう。美幸、パス」と言って、まるで爆弾を抱えているかのようにあたふたと渓太郎を私に回します。

「こんなに泣いているときはね、きっとおっぱいだよ」

私のところまで回ってくるのは、たいていおっぱいが欲しいときでした。そして、私がおっぱいをあげはじめると、渓太郎は急に、「ん、ん」と言って甘えてきました。そんなかわいい渓太郎の姿を見てみんなは、「やっと落ち着くところに落ち着いた」というようすでいっせいに解散します。

そんななかでも一人解散しないのが母でした。母は私の肩越しに、おっぱいを飲む渓太郎を覗き込みながら、ちょっと残念そうにつぶやきました。

「おっぱいだけは代われないからなあ」

当時まだ五十歳になったばかりだった母は、おばあちゃんというより、気持ちは渓太郎のお母さんという感じだったのでしょう。それがおっぱいの時間になると「やっぱり自分はおばあちゃんなんだなあ」と実感させられているようでした。

そんな、実家の様子を見るたびに主人はつぶやきました。

「渓太郎は、みんなにかわいがられて幸せだなあ」

それを聞きながら、私も思いました。

（本当に渓太郎は幸せだなあ。それに、みんなもすごく幸せそうだ。こんなに小さな存在が、ただここにいるだけで、こんなにも周りのみんなを幸せにしてくれるんだな。渓太郎を生んで本当によかったなあ）

「クスン、クスン」

退院から四日目、私はどうしても美容室に行きたくなって、母に少しだけ渓太郎を預かってもらいました。同級生のお母さんがやっている美容室で、長い髪を「お母さん仕様」のショートカットにしてもらいました。これでもう、頭を縦に振っても横に振っても髪が前に落ちてくることはありません。

ショートカットにしたのは大正解でした。ちょうどそのころから、私は一日の大半を、渓太郎を抱っこして過ごすようになりました。それまでの渓太郎は、おっぱいを飲んでお腹がいっぱいになれば寝ていたのに、だんだん抱っこをせがんで甘え泣きをするようになりました。

ひとりで寝かせておけば、「クスン、クスン」と言って上手に私の気をひきます。私が、「渓ちゃん、抱っこだね」と言って抱き上げると、なにごともなかったかのように一瞬にして泣き止みます。そして、しばらく抱っこして、もうそろそろ寝たかなと思って、渓太郎に気づかれないようにそーっと、そーっと布団に寝かせようとすると、渓太郎はそれを敏感に察知して、また、「クスン、クスン」。

（うわ！　ばれた！）

あわててそのまま抱き上げて、「ああ、ごめんね。ごめんね。抱っこがいいよね」と言って、また抱っこ。渓太郎は起きていても寝ていても、いつでも私の胸の中にちょこんと居座りました。そのうち、私も渓太郎を抱きながらどんなことでもできるようになりました。渓太郎を抱きながら顔を洗う、渓太郎を抱きながら着替えをする、渓太郎を抱きながら食事をする、渓太郎を抱きながらトイレに行く、渓太郎を抱きながら洗濯をする……。どこに行くにも、なにをするにも渓太郎と一緒でした。

そんな調子だったので、たまに布団でいい子で寝ていたりすると、不思議な感覚になりました。自分の体の前面をどこかに置いてきてしまったような、物足りないような……。

抱っこは昼間だけでなく、夜でも同じでした。真夜中の授乳が終わって布団に寝かせようとすると、とても切なそうな顔をして、「クスン、クスン」。口をへの字にして、いかにも「ぼくは泣いています」というような顔をします。そんなかわいいアピールに、私もすぐに「抱っこだね」と言って応えるのですが、ちょっとでも抱っこが遅れると、もう大変でした。への字だった口を、○にして、怒ったように「エーン、エーン」と泣きだします。そこまでくると、抱っこをしてもすぐには機嫌は直りません。「ヒックッ。ヒヒッ」と息を詰まらせている渓太郎の背中を、「よし、よし」と何度も何度も叩いてやっと落ち着きます。

そんな、渓太郎とのやり取りを何度か繰り返しているうちに、私は渓太郎を抱っこしたまま、いつのまにかウトウトと眠ってしまうこともたびたびでした。そして、そんなウトウトした眠気がやってくると、私は決まって母の言葉を思い出しました。

「美幸はね、抱っこじゃないと寝ない子だったから、お母さんはいつでもお前を抱きながら座って寝ていたんだよ。でもね、子育てしているときって不思議なもので、それでもちゃんと熟睡できるんだよ」

（私も少しはお母さんらしくなれたのかな……）

私は、渓太郎を抱きながら眠る自分をちょっと誇らしく思っていました。

そんな日が何週間か続いたころ、私は自分の両手首がギシギシときしむことに気がつきました。なんだろうと思っていると、あっという間に私の両手は自由に動かなくなり、私はあわてて近くの病院に行きました。

「赤ちゃんを生んでから、なんだか手首がギシギシいうんです」

すると先生は、私の手首をつかんで上下に動かすと、「ハッハッハー」と笑いながら言いました。

「これは腱鞘炎だよ。慣れない手つきでずっと赤ちゃんを抱っこしてたから、腱鞘炎になっちゃったんだよ」

（ええっ！　渓ちゃん抱っこしていて、私、腱鞘炎になっちゃったの？）

今までどんなに必死で抱っこしていたのかと思うと、自分がおかしくて笑えてきました。

包帯でぐるぐる巻きにされた両手首も、「新米ママ奮闘の印」だと思うと、おかしくて、おかしくて、私はお腹が痛くなるくらい大笑いしました。

そして家に帰ると、ぐるぐる巻きの両腕を高く上げながら、庭で草取りをしていた母に言いました。

「お母さん！　腕、腱鞘炎だって！」

すると母は、ちょっとあきれたように言いました。

「どうも、へたくそな抱っこだなあと思いながら見ていたんだよ」

最初にしゃべる言葉

そんな新米ママでも、渓太郎はすくすくと成長してくれました。もうすぐ一か月を迎えるころには、渓太郎なりのお話もできるようになりました。まだ言葉にならない「あー」とか「うー」といった声を出すだけでしたが、私には渓太郎が何を言いたいのかが全部わかりました。

抱っこをしてほしいときには「あー、あー」と言って私を呼びました。お腹がすくと、ギュッと丸めた手を口の中に突っ込んで「うー、うー」と言っておっぱいを要求します。人がたくさんいるときはいつもご機嫌で、手足をバタバタとばたつかせながら「きゃっ、きゃ！」とかん高い声で叫びます。

そんな渓太郎の声を聞きながら思いました。

（渓太郎が最初にしゃべる言葉はなんだろう……。渓ちゃんが、赤ちゃんことばで「おかあたん」って言ってくれたらかわいいなあ）

そんなことを想像すると楽しみで、なんだかムズムズするような気持ちになってきた私は、その日から毎晩布団の中で、渓太郎にひとつの言葉を教えました。

「お・か・あ・さ・ん」

「お・か・あ・さ・ん」

繰り返し繰り返し言っていると、渓太郎は不思議そうな顔をして、まばたきもせずにじーっと私を見つめました。

（きっと、一生懸命に覚えているんだな。「おかあたん」って言ってくれる日が楽しみだなあ）

そんなことを思いながら毎日「お・か・あ・さ・ん」を繰り返していたのですが、私はある日、大変なものを発見してしまったのです。それは、主人が渓太郎を抱きながら「パ・パ」「パ・パ」と繰り返し教えている姿です。

（えっ！　先を越されたら大変！）

あわててその場で二つの言葉を、ゆっくり発音してみました。

「パ・パ」

「お・か・あ・さ・ん」

（明らかに「パパ」の方が言いやすい！　そんなのずるい！）

私はその日の夜から、すぐに教える言葉を変えました。

「マ・マ」

「マ・マ」

渓太郎はまた不思議そうな顔をして、食い入るように私の顔を見つめました。

お宮参り

生後一か月を少し過ぎたころに、実家近くにある武水別《たけみずわけ》神社へお宮参りに行きました。神社の入り口にある駐車場に車を止めて、私たち家族三人と、両家の親族みんなで長い参道を本堂まで歩きました。お宮参りでは、母方の祖母が赤ちゃんを抱っこする習わしがあると聞いていたので、私はちょっと大変かなと思ったのですが、習わし通り、渓太郎は母に抱っこしてもらうことにしました。

母に抱かれた渓太郎は、鶴と亀の刺繍がある真っ白な帽子と、同じ柄にフリルの付いたスタイを身に着けていました。でも、桃太郎のような顔に、フリルの付いたスタイはどう見ても不似合で、私はちょっとおかしくなって言いました。

「渓ちゃん、ちっちゃいお地蔵さんみたい」

すると、渓太郎の男の子っぽさをとても気に入っていた父は、力強い声で渓太郎をほめました。

「それがいいんだ。渓太郎は、本当に男らしい顔をしているなあ。男の子はわんぱく過ぎるくらいでいい。たくましい子になるぞ」

その父の言葉を聞いて、私はふと、子どものころを思い出しました。幼いころ、父に連れて行ってもらった山や、川や、海。そんな自然のなかで父は、兄と私にいろいろな遊びを教えてくれました。春にはふきのとうやタラの芽、わらびなどの山菜のとり方、夏になると、かぶと虫のとり方や川魚のつかまえ方、秋になるときのこをとったり、田んぼに入ってイナゴをとったりして、冬にはかまくら作りをしたり、ときには湖に行って、湖面の氷に穴を開けてワカサギを釣ったりもしました。

そんな遊びのなかにはいつでもヒヤヒヤとするスリルがあったり、思いがけない大発見があったりして、私はいつでも父の教えてくれる遊びの楽しさに引き込まれました。

（楽しかったなあ……）

そんなことを思っていると、ふと、参道の周りに並んでいるたくさんの木が目にとまりました。そのなかでも参道のちょうど中間地点に立っている、ひときわ目立つ大木を見ていたら、私は突然ワクワクしてきて大きな声で父にお願いしました。

「ねえ、お父さん！　渓太郎が大きくなったらさあ、お父さんがかぶと虫とりとか教えてあげてね。こういう大きな木に登るのって楽しかったよね！」

「おお、いいよ。かぶと虫とりはおもしろいからなあ。あと何年かしたら渓太郎だってとれるようになるぞ」

「そうだよね。男の子だからきっと好きだよね！」

「でもなあ、美幸。この木はけやきだからかぶと虫はこないぞ。かぶと虫が飛んでくるのはくぬぎだ！」

ゆっくりと大きな声で話す父は生き生きとしていました。渓太郎が生まれたとき、父が、「男の子は楽しみだぞ」と言っていた理由がわかった気がしました。

本堂に着くころには、私の頭の中ではすっかり、野球帽をかぶって虫とり網を振り回しているわんぱくな渓太郎少年の姿ができあがっていました。私は母の腕の中にすっぽりと収まっている小さな渓太郎の頭をなでながら、頭の中でできあがった渓太郎少年を思い描いて言いました。

「元気に大きくなってね。これからいっぱい楽しいことがあるよ。山に行ったり、川に行ったり、いっぱい遊ぼうね」

里帰り終了

九月半ばを過ぎると、暑さも遠のいて、ずいぶんと過ごしやすくなりました。それと同時に渓太郎の生活のリズムも少しずつ整ってきて、夜は六時間くらい続けて寝てくれるようになりました。手探りだった子育てもずいぶんと楽になったので、そろそろ、里帰りも終了かなと思うようになっていたのですが、私はそれを母になかなか伝えられずにいました。

渓太郎が生まれてから、私は今まで見たことがない母の姿をたくさん見てきました。抱っこをしながら、愛おしそうに渓太郎のほっぺと自分のほっぺをピタッとくっつけている姿や、もう渓太郎はすっかり寝ているのに繰り返し繰り返し子守唄を聞かせている姿、渓太郎の「きゃっ、きゃ」という笑い声が聞きたくて、何度も何度も「いない、いない、ばあ」をしている姿……。

渓太郎のすべてを無条件に受け入れて、ひたすらかわいがっている母の姿は、このうえない幸せをつかんだかのように見えました。そんな姿を見ると、母から渓太郎を離してしまうのがあまりにも酷なことのように思えてきて、私は「そろそろ帰るね」と言い出すことができませんでした。

しかし、ちょうどそのころ、「里帰り終了」を言い出したのは母の方からでした。母はちょっと覚悟を決めたように、私に言いました。

「もうそろそろ、家に帰りなさい。いつまでもここにいるわけにはいかないし、もうお前だって一人でできなくちゃ困るでしょ。それに渓太郎はうちの子じゃないんだから……」

そう言うと、母は愛おしそうに抱っこをしながら渓太郎にも言いました。

「ね、渓ちゃんだっていつまでもばあちゃんちにいるわけにいかないもんね」

「渓太郎はうちの子じゃない」という言葉が、私には「渓太郎がうちの子だったらいいのに」と言っているように聞こえて、胸のあたりがチクッと痛くなる感じがしました。

でも、自分から言い出せなかった私の代わりに母が言ってくれたのだと思うと、私は母の気持ちを無駄にしてはいけないと思い、すぐに答えました。

「そうだね。もうそろそろ帰るよ。次の日曜日に戻るね」

その日曜日は二日後でした。

その日、家に帰るための荷物をまとめました。渓太郎の小さな下着や洋服、哺乳瓶やミルクの缶……。渓太郎のものをまとめると、部屋の中はすっきりとして、それまでの赤ちゃんのいない実家の姿に戻りました。それがなんとなくさみしくて、私はいくつか渓太郎の洋服を置いていくことにしました。

「この服はここに置いていくね。また来たときに着替えがないと困るから……」

実家に渓太郎の痕跡がわずかに残りました。

日曜日は主人が迎えに来てくれました。すでにまとまっていた荷物を車につむと、主人は母にていねいなあいさつをしました。

「今まで本当にお世話になりました。とても助かりました」

母は渓太郎を抱っこしながら、「いいえ」と言うと、いつものように渓太郎のほっぺと自分のほっぺをくっつけました。

「渓ちゃん、おりこうに、ちゃんとねんねするんだよ。また遊びにおいでね」

私は母の姿を見ているのがつらくて、わざとさっぱりした口調で言いました。

「どうせ、またすぐ来るから。もしかしたら、明日とか来るかもしれないからよろしくね」

お散歩

山のふもとにある自宅に戻ってからは、私は毎日お散歩をするようになりました。午前中の気持ちのいい時間に渓太郎をベビーカーに乗せて、近くにある公園までゆっくり歩きます。自宅から公園までは歩いて五分くらいの距離ですが、その途中には、田んぼがあったり畑があったり、魚のすむ川や、ボサボサとすすきが生えた荒地もあります。そんなところを通るたびにベビーカーを止め、私は周りの様子をひとつひとつ渓太郎に教えました。

「渓ちゃん、ほら、大きななすがなってるよ」

「あそこにあるのはかぼちゃだよ。葉っぱがいっぱいだね」

川にすむ魚を見せるときには、抱っこをして川の中をのぞきました。

「渓ちゃん、ほら、お魚の大群が泳いでる。いっぱいいるねえ」

そして、公園に到着すると、真ん中にある大きな池の周りを一周してから、脇にあるべンチでひと休みをしました。ベンチに座った私の太ももの上に渓太郎を立たせると、渓太郎は「きゃっ、きゃ」と言いながら、足の曲げ伸ばしをしてジャンプを繰り返します。そのジャンプに合わせて空に向かって高く渓太郎を持ち上げると、見上げる青い空の下に渓太郎がくっきりと浮かび上がりました。すると渓太郎は、とっても気持ちよさそうに大きな口を開けて私を見下ろしました。

その大きく開けた口からは、ときどきよだれが降ってくることもありました。

「うわあ、渓ちゃんのよだれ爆弾が降ってくる！」

そんなふざけた声が楽しくて、渓太郎は空を泳ぐかのように手足をバタバタさせました。

公園からの帰り道は少し遠回りをしました。ほどよい疲れに、ゆっくり押しているベビーカーの気持ちいい揺れが加わると、渓太郎はいつでもすぐにウトウトしはじめました。そして、「ああ、楽しかった！」とでも言っているかのように、満足そうにそのままお昼寝に入りました。

そんな午前中は、ゆっくりと流れる穏やかで幸せな時間でした。

しっかりと目と目を合せながらおしゃべりをすると、「渓ちゃん大好きだよ！」という気持ちをそのまま渓太郎に届けることができたし、渓太郎の純粋な笑顔からは、「ぼくもとっても幸せだよ」という気持ちがはっきりと伝わってきました。

渓太郎と一緒に気持ちのいい朝を迎えて、お昼近くまでお散歩をして、お昼寝をする……。

特別なことがなにひとつないこの繰り返しのなかで、私は渓太郎と一緒に生きている幸せをいつもしっかりと感じていました。

生後二か月の記録

生後二か月くらいになるとしっかりと首も座ってきました。ちょうど首が座ったころの記録が残っているので、ここで紹介します。誕生から二か月目の記録です。

十月十二日

もう完全に首が座りました。うつぶせで寝かせると自分で首を上げて起きようとします。

指しゃぶりがとても大好きで、ぺちゃ、ぺちゃと大きな音を立てて、指しゃぶりをします。

私が笑いかけると、笑い返してくれるのがとってても嬉しい！

逆に泣きまねをすると同情して（？）一緒に泣いてくれます。これにはびっくりしました。

いろいろな声も出せるようになり、お話もよくしてくれます。朝も、泣き声ではなくておしゃべりで起こしてくれるようになりました。きゃっ、きゃと笑ってみたり、怒ってみたり……。

あとは、立つことも大好きです。支えてあげると、一生懸命足をつっぱらせて立ちます。

何をするにも一生懸命です。

本当に一生懸命生きているんだなと感心します。
かわいいい、かわいいいわが子は一日、一日成長しています。

このころは体もどんどんと大きくなりました。それをあらためて実感したのは、久しぶりに実家に行っておむつ替えをしようとしたときです。里帰りをしていたときに使っていた、おむつ替え用の座布団の上に渓太郎を寝かせようとすると、寝かせた瞬間に渓太郎の頭がスルッと床の上にはみ出しました。

「え?」

私はあわてて渓太郎の胴体を引っ張って頭を座布団の上まで持ってきました。すると今度はかかとがストンと床の上に落ちました。

(ええっ!　この間まで座布団の中にすっぽりと収まっていたのに、どういうこと?)

私は両手で楕円形を作って、その楕円を広げたり狭めたりして、生まれたときの大きさを思い出してみました。

(これくらいだったっけ?　もう少し小さかったかなあ)

そして、そのままその手を渓太郎の体に当ててみると、長さも幅も生まれたときの倍くらいになっていることに気がつきました。

「うわっ!　渓ちゃん、いつのまにか大きくなったんだねえ」

私の呼びかけに、渓太郎は座布団の上で元気に手足をバタバタ動かしました。

そんな渓太郎の口からは、「お母さん、ぼくこんなに大きくなったよ！」という言葉が今にもこぼれてきそうでした。

離乳食

十二月に入ると、離乳食をはじめる時期になりました。いよいよ、友人のさつきちゃんから出産祝いとしていただいた「離乳食スターターセット」を使うときがやってきました。

私は箱を開ける前に、透明なフィルムが貼られた窓から中を覗き込みました。すると、はじっこの方に二種類のスプーンが入っているのが見えました。一本は普通の形をしていましたが、もう一本は柄が長くて先が小さい形のものです。

（ん？　この長いのはどうやって使うのかな？）

箱をひっくり返して裏の説明書きを読んでみると、柄の長い方は、お母さんが赤ちゃんの口に入れてあげるためのスプーンだということが書いてありました。

（口に入れてあげるためのスプーンか。「あーん」って言いながらご飯を運んであげるんだなあ）

渓太郎が大きな口を開けてご飯を待っている姿が浮かんできて、私はワクワクしながら箱を開けました。そして、ゆっくりとプラスチックのトレーを引っ張り出すと、中からはさまざまな調理器具や食器が出てきました。それらは、私がふだん使っている調理器具と同じ役割を果たすものばかりでしたが、どれもが特別な形をしていました。丸いおろし器の下にこし網がセットされていたり、さらにその下には受け皿代わりのすり鉢がついていたり、コップも持ち手が両側についていました。

そんな調理器具を見ながら私は、三か月健診のときに看護師さんが教えてくれた離乳食の作り方を思い出して、何に使うのかを一つひとつ確認しました。

看護師さんははじめにこう言っていました。

「まずは、ツブツブのないおかゆからはじめてくださいね」

（……それには、この「こし網」を使っておかゆをこせばいいんだな）

次にこう言っていました。

「はじめは果肉が入らないようにして、果汁だけをお湯で薄めてあげてくださいね」

（……それには、この「おろし器」と「こし網」）

「慣れてきたらお芋をすりつぶしてあげるといいですよ」

（……それには、この「すり鉢」と「すりこ木」）

よし！　完璧！

私は、さっそくツブツブのないおかゆを作ってみることにしました。看護師さんに教わった通り、たっぷりのお湯でご飯を煮てからスターターセットのこし網を使ってご飯をこすと、受け皿の方にトロトロとした液体状のおかゆができ上がりました。

「できた！　はじめての離乳食完成！」

そう言いながら長い柄のスプーンの先におかゆをのせると、ベビーチェアーに座っている渓太郎に向かって言いました。

「渓ちゃん、ウマウマだよー」

そして、不思議そうな顔をしている渓太郎の口の中にスプーンを入れると、渓太郎ははじめびっくりして両手をビクッと動かしましたが、すぐに味を確かめるように口の先を小さく動かしました。

（うわっ！　食べた！）

私は嬉しくなって、もう一回、渓太郎の口の中におかゆを入れました。

すると今度は、ビクッとすることなく、すぐにモグモグとおいしそうに口を動かしました。

「わあ！　渓ちゃん、モグモグじょうずだねえ」

それを何度か繰り返していると、はじめは嬉しかったのに、なんだか少しずつさみしい気持ちになってきました。それは、渓太郎を生んだばかりのときに感じたさみしさに似ていました。

（離乳食がはじまるということは、少しずつおっぱいから離れていくということだな……）

私は渓太郎を生んだときも、とっても嬉しかった半面、空っぽになったお腹を触るたびにさみしくて、「出会いと別れ」が同時にやってきたような複雑な気持ちになっていました。私はこのときはじめて、渓太郎が成長するということは、ひとつずつ私のもとから離れていくのだということを知りました。この先、おっぱいが必要なくなったり、一人でご飯が食べられるようになったり、おむつが外れて、一人でトイレに行くようになったり、歩けるようになれば抱っこも必要なくなる……。

そんなことを考えてどんどん悲しくなっていく自分に、一生懸命言い聞かせました。

（それでも絶対に、渓太郎の成長のジャマをしてはいけないよ）

はじめてのクリスマス

私の複雑な気持ちとは裏腹に、渓太郎はとてもよく離乳食を食べました。はじめはおかゆだけだった離乳食も、二週間もするといろいろな野菜を食べられるようになりました。かぼちゃやにんじん、さつまいも、ほうれん草……。

離乳食はいつでもカラフルで、そのころの私は、ほうれん草の緑色やニンジンの赤色を見ると、もうすぐやってくるクリスマスのことで頭の中がいっぱいになりました。渓太郎と一緒に迎えるはじめてのクリスマス。テレビではクリスマス商品のコマーシャルがたくさん流れていました。子どもたちが、緑や赤のとんがり帽子をかぶりながらツリーに飾り付けをしていたり、フライドチキンやケーキやジュースなどのごちそうを囲んでクラッカーを鳴らしていたり、帰宅したお父さんがクリスマスプレゼントの大きな箱を後手に隠し持っていて、「メリークリスマス！」と言いながら勢いよく子どもたちの前に差し出して、子どもたちが大喜びしていたり……。

（そうだ！　今年は渓太郎がいるから、うちもこんなホームパーティーができるんだ！）

私は、コマーシャルが流れるたびに、何が写っているのかを確認して、必要なものを書き出しました。「渓太郎がかぶるとんがり帽子」、「渓太郎と同じくらいの背丈のクリスマスツリー」、「フライドチキン代わりにささみをすりつぶした離乳食」、「ケーキの代わりにクリスマスカラーの野菜で作った特製離乳食」、「りんごの果汁を薄めたジュース」……。

（あ……パパからのプレゼントが足りない！）

私は主人が帰宅するのを待ってお願いをしました。

「あのさあ、もうすぐクリスマスだから、渓ちゃんのプレゼント買っておいてね！」

「渓太郎に？　なに買えばいいの？」

「ん、んー……」

そう言われると、渓太郎はまだおもちゃでは遊ばないし、お菓子も食べられないし……。

私は答えに困ってしまいました。それもそのはず、よく考えてみれば、コマーシャルに登場していた子どもはみんな渓太郎よりはるかにお兄ちゃんでした。

「渓ちゃん、まだおもちゃも使わないし……プレゼントいらないか……」

一気にテンションが下がった私に、主人はハッとして、あわてて明るい口調で言い直しました。

「いや！　せっかくのクリスマスだから、プレゼントはあった方がいいよ！　なにがいいか考えてみるよ」


クリスマス当日は、朝からクリスマスディナーの準備に取りかかりました。ささみやほうれん草、にんじん、さつまいもを茹でて、すり鉢でとろとろになるまですりつぶしたり、りんごをすりおろして、こし網でこしたり……。とろとろのさつまいもには、スイートポテトのようにちょっとお砂糖を入れてあげたいなあと思いましたが、そこはがまん。

カラフルなクリスマス離乳食ができました。

（よし！　これでごちそうの準備は完璧！）

私はできあがったクリスマス離乳食を冷蔵庫に入れて、次にクリスマスツリーの飾りつけを始めました。コマーシャルに登場していた子どもたちのように、渓太郎はまだ自分で飾り付けをすることはできませんでしたが、私は渓太郎を抱っこして、どこにどの飾りをつけたらいいのか、ひとつひとつきいてみました。

「渓ちゃん、この赤い玉はどこにつけたらいい？」

渓太郎はニコニコしながらツリーをバシバシと叩きました。

「ここだね」

私は渓太郎が叩いた場所に赤い玉を飾りました。

「これはどこ？」

金色の玉を見せながらきくと、渓太郎は変わらずツリーをバシバシ叩きます。

「ここね」

私は渓太郎が叩いた場所に金色の玉を飾りました。

金色の星も、小さな靴下も、銀色のベルや雪の結晶も、すべて渓太郎にききながら飾ってみたら、真ん中あたりに飾りが集中した、とてもいびつなツリーが出来上がりました。

（ふふっ。一か所だけごちゃごちゃしてる）

いかにも「子どもが飾りました！」という感じのそのツリーが、渓太郎の存在を大きくアピールしている気がして、私はとても気に入りました。そんなツリーを見ていたら、渓太郎が生まれたばかりのときによくつぶやいていた言葉が久しぶりに戻ってきました。

「私はお母さんになったんだ……」

　朝から準備をはじめたのでお昼過ぎにはすることがなくなってしまい、私はちょっと退屈だなあと思いながら、忘れているものはないかもう一度確認してみました。

（ツリーもできたし、とんがり帽子も買ってあるし、りんごジュース、ほうれん草とにんじんとさつまいもの離乳食、ささみの離乳食。よし！　かんぺ……き？）

「ああっ！　私たちの食べるものが何もない！」

私は自分たちのことをすっかり忘れていました。あわてて冷蔵庫を開いてみても、離乳食以外の食材はなく、急いで近所のスーパーに行くことにしました。

「渓ちゃん、これからお買い物に行くよ！」

私はすぐに買い物がはじめられるように、あらかじめ渓太郎に抱っこひもをセットしてから、チャイルドシートに乗せました。そしてスーパーに着くと、まずは入り口近くの野菜コーナーでレタスだけをかごに入れて、そのままお総菜コーナーに直行しました。なんのレシピも考えていなかった私は、お皿の上にレタスを敷いて、その上にできあいのお惣菜を盛り付ける作戦を思いつきました。お惣菜コーナーには、クリスマスにちなんだごちそうがズラリと並べられ、フライドチキンの骨にはキラキラした銀色の紙が巻きつけてあったり、オードブルにも赤や緑の食紅で色づけされたきれいなごちそうが並べられたりしていました。

「助かった！」

私はそのなかから、フライドチキンと小さめのオードブルを選び、レジに並びながら考えました。

（あと、なに買えばいいんだっけ？　……あ！　ケーキだ！）

クリスマス用のデコレーションケーキは完全予約制なので、はじめからあきらめましたが、せめてショートケーキはほしいところです。急いでレジを済ませると、そのままスーパーの向かいにあるケーキ屋さんに直行しました。ケーキ屋さんに着いて入り口の扉を開けると、ガラスケースの中にポツン、ポツンと、わずかにケーキが残っているのが見えました。

（ぎりぎりセーフ！）

「これを二つください」

私はイチゴののったショートケーキを二つ買って家に帰りました。

家に着くと、あとは盛り付けをするだけです。買ってきたレタスを大きめにちぎってお皿に並べ、その上にフライドチキンとオードブルを盛り付けると、あっという間にクリスマスディナーの出来上がり！　きれいすぎる仕上がりが、いかにも「お惣菜コーナーで買ってきました！」という空気をかもし出していましたが、自分たちのごちそうを忘れていたことを考えると、ないよりマシです。

手の込んだ渓太郎の離乳食と、手抜きのクリスマスディナーを食卓に並べると、ちょっと貧弱だけど、あのコマーシャルで見たホームパーティーのような雰囲気になりました。

あとは、主人がプレゼントを買ってきてくれるのを待つばかりです。でも、主人はたまに突拍子もない発想をすることがあるので、私はちょっと心配でした。

（なにを買ってくるだろう……。まさか、野球のバットとか、サッカーボールとかじゃないよね……）

しばらくすると主人が帰ってきました。約束通り、手には赤いリボンが結ばれたプレゼントが握られていました。

（よかった！）

その袋の大きさからバットでもサッカーボールでもないことがわかり、私がちょっとホッとしていると、主人は私にそのプレゼントを渡しながら言いました。

「はい！　プレゼント、買ってきたよ。たぶん、大丈夫だと思うよ」

「なににしたらいいか困ったでしょ。本当にありがとうね！」

そう言って私はプレゼントを受け取りましたが、せっかく渓太郎のために買ってきてくれたのに私が持っていては申し訳ない気がして、いったん渓太郎に渡すことにしました。

「渓ちゃん、お父さんからだよ！」

私が渓太郎の脚の上にプレゼントを置くと、渓太郎は両手で袋をバシバシと叩きました。そんな渓太郎の顔をのぞき込みながら、私が、「渓ちゃん、お母さんが代わりに開けてあげるね！」と言って袋の口を開くと、中からはガサガサと白い紙に包まれた洋服のようなものが出てきました。渓太郎の服かなと思いながら白い紙をはがしてみると、黒いセーターが二枚、ボーダーのTシャツが二枚出てきました。

（四枚？　なんでこんなに？）

びっくりしてTシャツの肩をつまんで広げてみると、それは、大人用と子ども用のペアルックでした。

「もしかして、渓ちゃんと私の？」

「うん。確か、前に、渓太郎とおそろいの服が着たいって言ってたよね。だからこれがいいかなと思って……」

「そっか！　ありがとう！」

私は嬉しくなって、さっそくTシャツの肩を渓太郎の肩に当ててみました。すると、Tシャツの裾がタラーンと下に伸び、渓太郎の足先だけが見えました。

「ちょっとまだ大きいね」

「うん。サイズがわからなかったから、大きめを買ってきたんだよ。着られるのは来年かな」

（来年の冬、あんよができるようになった渓太郎とおそろいの服を着てお散歩したり、お買い物に行ったり……）

想像するだけで顔がニヤけてしまいそうでした。

一九九七年から一九九八年へ

クリスマスが終わると、一九九七年も残すところあとわずかとなりました。私にとって、人生でもっとも特別だった一九九七年。私に「渓太郎のお母さん」という幸せな役割を与えてくれた年。そして、それは、私が幼いころからずっと欲しかった役割。

私はずっとわかっていたのだと思います。私がもっとも幸せでいられるのは、だれかのお母さんになることだと……。

その最大の願いがかなった一九九七年。

そんな一九九七年の終わりを告げる除夜の鐘が「ゴーン」「ゴーン」と響き渡るなか、私たち家族は武水別神社の境内にいました。渓太郎のお宮参りをした神社です。そこはものすごい人の集りで、背の低い私の周りには人の壁ができあがり、自分が今どこにいるのか、本堂はどこなのかもわからない状態でした。そんな人の波に揺られて、私は酔っぱらいの千鳥足のように右に行ったり、左に行ったりしながら、きっとこの先にいるであろう神様に、心の中でお礼を言いました。

（三か月前、ここに来たときにはあんなに小さかった渓太郎が、今ではこんなにずっしりと重い赤ちゃんになりました。本当にありがとうございました。一九九七年、本当に幸せな年でした）

私が二年参りに渓太郎を連れて行くと言ったとき、主人や母は大反対しました。

「寒いし、あんな人ごみの中に連れていったらつぶされちゃうよ！　やめなさい！」

「大丈夫。私がちゃんとガードするから！　渓太郎と一緒に行く！」

「明日、初詣に行けばいいじゃないの」

「二年参りに行きたいの！」

私はどうしても渓太郎と一緒にお礼が言いたかったのです。

こんなにかわいい子を授けてくれたこと、私の幼いころからの夢を叶えてくれたこと、そして幸せな毎日を過ごさせてもらっていること……。

だれかに心からお礼を言わなければ、新しい年を迎えられない気がしていました。

神様にお礼が言えてホッとしていると、ずっと先の方から「おめでとう！」「おめでとう！」という声がワーッと広がってきました。

一九九八年の幕開けです。

私は胸の中にいる渓太郎に言いました。

「渓ちゃん、あけましておめでとう！」

主人が隣から大きな声で言いました。

「渓太郎！　あけましておめでとう！　今年もよろしくな！」

渓太郎は話しかけられたことが嬉しくて、足を少しだけゆらゆらと動かしながらニコニコと笑顔で応えてくれました。

人の波に体を任せて歩いていると、三か月前お祓いをしてもらった本堂の前に着きました。私は左手に渓太郎、右手にお賽銭をギュッと握りしめて賽銭箱の前まで行き、賽銭箱の上で右手をパッと広げました。するとジャラジャラと音を立てて小銭が下に落ち、それと同時に私は心の中で神様にお願いをしました。

「渓太郎が元気で大きくなりますように……。それだけでいいです。渓太郎が元気で大きくなりますように……」

充分に幸せな毎日を送っていた私の願いは、たった一つだけでした。

ちいさな幸せのひとコマ

あわただしかった年末年始が過ぎると、またいつもの穏やかな生活が戻ってきました。新年を迎えてからは、雪の日が続いたので外遊びができずに、午前中はたいてい家の中で遊びました。そのころよくしていたのは、渓太郎が自分の名前を覚えるための練習です。

両ひざを立てて座った私の、太ももとお腹の間に渓太郎をまたがせると、太ももがちょうどいい背もたれになります。そのかっこうで私が「なかむら　けいたろうくーん！」と呼んだら、「はーい！」と言って、渓太郎の右手を持ってピンと上に挙げます。

「なかむら　けいたろうくーん！」

「はーい！」

これを何度も繰り返すと、渓太郎は少しずつ手を挙げるタイミングがわかるようになりました。まだ自分では挙げられませんでしたが、名前を呼ばれると、いまにくるか……というように息を飲んで身構えます。そして、私が勢いよくパッと手を挙げると、もうおかしくて笑いが止まらないというように、体を右に傾けながら、「うぎゃあ！　きゃっ、きゃっ、きゃあ！」と大笑いしました。

私がこんなに笑って大丈夫なのかなあと思うほど大笑いしていても、また、「なかむら……」と言いはじめると、息を飲んで身構えます。そして、「はーい！」に合わせてパッと手を挙げると、また「うぎゃあ！　きゃっ、きゃっ、きゃあ！」

しばらくそんなことをしていたら、渓太郎の姿勢が変わっていることに気がつきました。

（あれ？　渓ちゃん、私の太ももに寄りかかってない。もしかしておすわりできるようになった？）

私は名前の練習を止めて、渓太郎を床の上に座らせてみることにしました。うしろに倒れても大丈夫なように、半分に畳んだ座布団をいくつか積み上げて、その前に渓太郎を座らせました。

すると渓太郎は、なにごともなかったかのように、ちょこんとおすわりを続けました。

「渓ちゃん！　おすわりできるようになったんだね！　すごーい！」

私が思いっきり拍手をすると、拍手のパチパチがおもしろかったのか、渓太郎はまた、

「うぎゃあ！　きゃっきゃあ！」と大笑いしながら、キックを繰り返しはじめました。すると、キッキックをするたびにおすわりのバランスが崩れていき、ゆっくり横に倒れました。渓太郎もなんとか体勢を戻そうとしていたのか、まるでスローモーションを見ているように、ゆっくり、ゆっくり傾いていきます。その姿があまりにおかしくて今度は私が大笑い。

「うわあ、はっは！　うわあ、はっは！」

私の笑い声につられた渓太郎も、ななめになりながら笑いました。

「きゃあ、きゃっきゃあ！」

私の日常生活は、こんなちいさな幸せのひとコマひとコマの連続でした。私にとって、そんなちいさなコマの一つずつが、どれも大切でかけがえのない時間でした。そして、このちいさな幸せのコマを少しずつ少しずつ溜めながら、渓太郎はここまで成長してくれました。

第四章　病気を治すための治療

「あのころに戻りたい……」

ちいさな幸せを感じながら過ごしていた五か月間。それは私にとって、特別なことは何もないごく普通の日々でした。渓太郎と一緒に朝を迎えて、ご飯を食べて、お散歩をしたりお昼寝をしたりして、お風呂に入って一日が終わる……。そして、また新しい朝が来る……。私は、これから先も、そんな当たり前の日常を繰り返しながら、渓太郎は成長していくのだと思っていました。これまで渓太郎と積み上げてきたちいさな幸せのひとコマひとコマを、これからもずっと一緒に積み上げていけるものだと……。

途切れるはずのない普通の毎日……。

日々成長していくはずの渓太郎……。

一緒に重ね続けられるはずのちいさな幸せのひとコマひとコマ……。

そう思っていたのは、ほんの二週間前のことでした。

当たり前の日々を送っていたわずか二週間後に私がいたのは、住み慣れた家ではなくて、腫瘍科病棟のいちばん奥にある個室でした。そして、当たり前のように成長していくはずの渓太郎には、残りわずかな余命が告げられていました。これからはじまるのは、いつもの穏やかな生活ではなくて、生きられるかどうかもわからないままの闘病生活……。

私は、そんな現実から逃げ出したくて何度も何度もつぶやきました。

「あのころに戻りたい……」

「家で渓太郎と一緒にいつもの生活がしたい」

渓太郎の「きゃ、きゃっ」という声で朝を迎えたり、おんぶをしながら離乳食を作ったり、それを小さなスプーンで口に入れてあげると手足をバタバタさせて大喜びをした渓太郎……。一緒にお散歩をした公園……。二人で床にゴロンと寝転ろんだお昼寝……。ジャブジャブ水しぶきを立てて遊んだお風呂……。

（もう一度、あのころに戻りたい……）

そんなことを思っていると、ふと病院の玄関からつながる一本の道が頭をよぎりました。左に曲がって北東に向かえば自宅につながる一本の道……。

（このまま渓太郎を抱っこして、あの玄関から逃げてしまおうか……）

渓太郎を抱っこして、玄関からその道に向かって思いっきり走っていく自分の姿が頭に浮かびました。妄想の中の私は病院の駐車場を走り過ぎて、その道を左に曲がりました。左側にある病院を見ないように下を向いて一気に走り抜けると、心臓がバクバクとして動けなくなりました。立ち止まった私は、どこに進んだらいいのかわからなくて、渓太郎を抱きながら立ち尽くして泣いていました。

現実に戻った私は思いました。

（なにをしても、もうあのころには戻れないんだ……。そんなことをしたら渓太郎の命はあっという間に消えてしまう……）

もう普通の生活には、決して手が届かないのだということを実感しました。

もう二度と戻ることのできない普通の生活……。ほんの二週間前までの生活が、はるか遠くの方にうっすらと見える幻のように思えてきました。

（今までの幸せは、いったいなんだったんだろう……。もしかしたら、私は今までずっと夢をみていたの……）

一瞬、私は今まで本当にそんな幸せな生活を送っていたのかどうかもわからなくなりました。でもベッドの周りには、二週間前までの私たちが確かに幸せだったことを物語るかのように、居間でゴロンと寝転びながら見ていた絵本や、一緒に遊んでいたタオル地でできたウサギの人形が置かれていて、病室の扉のわきには折りたたまれたベビーカーが立てかけられていました。そんな幸せの証のようなものを見るたびに、切ない涙が胸の真ん中あたりから私の体の中心を通ってまぶたまでこみ上げてきて、私はそんな幸せの証を視界から振り切るように固く目を閉じると、下を向いて小さな叫び声をあげました。

「もういっそのこと、今までの幸せなんて忘れてしまえたらいいのに……。だって……。だって、たった五か月しか幸せなときがなかったんだから……。あとはずっと……これからずっと、渓太郎も私も苦しみ続けるんだから……」

「本当は、当たり前なんてどこにもないんだ……」

そんなことを考えれば考えるほど、なんで渓太郎は生まれてきたの、私はなんのために渓太郎を生んだのという疑問が湧いてきて、そんな問いかけをするたびに、私の頭の中には答えの見つからない灰色の塊のようなものがどんどんと積もっていきました。そして何度も何度も問いかけているうちに頭の中がその塊でパンパンに腫れあがり、それと同時に、それまで渓太郎や私を幸せにしてくれていた幸せの証が、遠くの方から順番に灰色に染まってくる感じがしました。ベビーカーも、絵本も、タオル地の人形も……。

そして、隣で寝ている渓太郎ですら灰色に見えはじめた瞬間、私はハッとして渓太郎にすがるようにききました。

「ねえ、渓ちゃん……。生きるってなんだろうね……。幸せってなんだろうね……。渓ちゃんは幸せなの……」

すると、私に話しかけられたことが嬉しかったのか、渓太郎はニコニコ、ニコニコと笑って、手足をバタバタさせながら私に抱っこをせがみました。そんな渓太郎に向かって、「生まれてすぐこんな病気になっちゃったんだから、幸せなはずないよね……」とつぶやきながら抱きあげると、渓太郎が嬉しそうに私の胸にぴったりとほっぺをくっつけたのと同時に、ふわふわとした産毛が私の首元に触って、私の顔の周りにはほわんとした渓太郎の柔らかいにおいが広がりました。すると私は自分でも気がつかないうちに、そのにおいに条件反射するかのように優しい声でつぶやいていたのです。

「渓ちゃん……」

（渓ちゃん……。これまで何度この名前を呼んできただろう……）

そう思った途端、胸の真ん中あたりから温かい記憶がじわーっとこみあげてきて、かつての私が「渓ちゃん」と呼んだあとに何度も何度もつぶやいていた言葉が、胸の奥深くからこだまをしながら聞こえてきました。

「渓ちゃん。生まれて来てくれてありがとう。渓ちゃんがいてくれるだけで幸せだよ……」

（……いてくれるだけで……。……それだけで私はいつでもほわんとした幸せに包まれていたんだ……）

胸の奥から湧いてきた言葉は、私の心の中になつかしい記憶をよみがえらせるのと同時に、胸の真ん中に溜まっていた涙を上へ上へと押しあげて、私の両目からは一気に涙があふれ出しました。その涙は、私の頭の中でうごめいていた灰色の塊も押し流し、少しずつ無色透明になっていく私の心の中では、なにかが優しくキラキラと輝きはじめた感じがしました。

それは七か月前、「渓太郎」という名前に決めたときに私の心の中に現れた、どこまでも純粋に光り輝く「渓流」の姿に似ていて、私はそれを見た瞬間、眠っていた私の心の一部をふるい起こされたような、一瞬にして目を覚まされたような感じがして、突き動かされるかのように腕の中の渓太郎をギュッと抱きしめながら、はっきりとした声でつぶやいたのです。

「私は夢を見ていたんじゃない……。私が当たり前だと思っていた日常は、夢と勘違いしてしまうほど、本当は奇跡的な時間だったんだ……。……本当は、当たり前なんてどこにもないんだ……」

私は「本当のこと」がわかった気がした瞬間、過去への憧れと後悔と、もう決してあのころには戻れない切なさが混ざり合って、ひたすら涙が流れました。

「当たり前じゃなかったんだ……。いつものように朝が来て、いつものように食事をして、いつものようにお風呂に入って眠ること……。当たり前じゃないんだね……。そして、こうして渓ちゃんが生きていてくれることも……」

私は自分に突き付けられた「本当のこと」と、胸の中にいる渓太郎を合せるように抱きしめながら言いました。

「渓ちゃん、生きていてくれてありがとう……」

はじめての抗がん剤治療

渓太郎の余命宣告がされた翌日からは、抗がん剤での治療がはじまりました。

「渓太郎が生きていてくれるだけでもありがたいことなのだ」と気づいた私は、もうあのころに戻りたいという気持ちはなくなり、今だけを見て、一日一日を生きていこうと思えるようになっていました。その一日一日を作っていくための抗がん剤治療……。渓太郎にぴったりと寄り添って、辛い治療の一秒一秒を乗り越えようと覚悟していました。

抗がん剤の副作用については、前日、腫瘍科部長の桜井先生から聞いていました。よく言われている嘔吐や倦怠感のほかに、小さな渓太郎にはとても大きなリスクも伴いました。

前日、先生と私の間ではこんな会話がされていました。

「小さな渓太郎くんの体に抗がん剤を入れると、なにが起こるかわかりません。場合によっては治療によって命を落としてしまう可能性もゼロではありません」

「でも、やらなければ助からないんですよね……」

「もしやらなければ、一か月は持たないと思います」

「……わかりました」

答えは決まっていたのに、いざ治療がはじまるとなると、私の頭の中では同じことがグルグル、グルグルとめぐりました。

（抗がん剤をやらなければ確実に命を落としてしまう……。でも、抗がん剤をやっても命を落としてしまうかもしれない……。でも、やらなければ確実に……）

考えれば考えるほど、「なにをやっても助からない」と言われているような気持ちになってきて、「やっぱり、やめてください」と言ってしまいそうな自分を必死で抑えました。

（やらなければ確実に渓太郎は死んでしまうんだ）

そう何度も自分に言い聞かせながら、治療開始時間を待ちました。

予定時間を少し回ったころ、桜井先生が「失礼します」と言いながら入ってきました。背が高く大きな体の桜井先生の後ろからは、渓太郎の主治医で女性医師の佐藤先生が、抗がん剤の入ったトレーを持って入ってきました。もう治療がはじまろうとしているのに、いざ、抗がん剤を目の前にすると、怖くて、怖くてトレーの上の薬から目が離せなくなりました。

（あの透明の液体が渓太郎の命を奪うかもしれない……）

私はその怖さと戦うかのように、心の中で抗がん剤を問い詰めました。

（あなたは敵なの、味方なの……。はっきりしてよ）

怖さと心細さで今にも泣き出しそうでした。

渓太郎は、先生たちが来てくれたことが嬉しかったのか、手足をバタバタさせながら「きゃ、きゃっ」と声をあげて喜んでいます。そんな渓太郎に桜井先生が静かに近づき、少し切なそうな笑顔を浮かべながら、そっと頭をなでて言いました。

「本当だったら、こんなにかわいい渓太郎くんの体に薬なんて入れたくないんだけど……」

先生はしばらく渓太郎の頭をなでていました。先生のたくましい大きな手の中に渓太郎の小さな頭がすっぽりと包まれました。佐藤先生も、桜井先生の言葉にゆっくりうなずきながら、大きな手で頭をなでられている渓太郎を見ていました。

そんな先生たちの姿を見ていたら、先生たちだって本当は抗がん剤なんてやりたくないのだと思えてきて、ひとりで抱えていた心細さが、いつのまにかスーッと消えていくのがわかりました。そして、入れ替わるように、はじめに覚悟を決めた気持ちが、ふっと湧いてきました。

(病気を治すための治療なんだ。渓太郎と一緒に一秒一秒を乗り越えよう)

私が気持ちを取り戻したのと同時に、桜井先生が穏やかな口調で言いました。

「じゃあ、治療をはじめますね」

抗がん剤投与のための準備がはじまりました。

渓太郎の体にはあらかじめ、抗がん剤を投与するためのカテーテルが、左胸の上あたりから心臓の近くまで入れられていました。そのカテーテルの先端にある留め具を外して、抗がん剤の点滴の管につなげば治療のはじまりです。これから三日間かけて抗がん剤を投与します。

佐藤先生が慎重に留め具を外して抗がん剤の点滴につなぎます。ゆっくり薬が入るように調節しながら先生が言いました。

「渓ちゃん、これからはじめるね。元気になろうね」

佐藤先生の「渓ちゃん」という呼び方に、女性ならではの優しさを感じました。透明の筒のようなものの中で、ヒタヒタと一滴ずつ抗がん剤が落ちるのが見えました。私はあわてて渓太郎に添い寝をしました。少しの異変も見逃さないようにピタッと体をくっつけて、心の中では必死に「ごめんね」「ごめんね」を繰り返しました。私は副作用で具合が悪くなることを知りながら薬を入れなくてはいけない、切なさと申し訳なさでいっぱいでした。

謝ることしかできない私の目の前では、佐藤先生が点滴と渓太郎の間に入って、右手で点滴の速さを調節したり、左手では渓太郎の胸に聴診器を当てたりしていました。そしてときどき、先生は真剣な顔をして「渓ちゃん」と呼んで渓太郎の反応を確認します。渓太郎は、先生に名前を呼んでもらったことが嬉しくて、無邪気に手足をバタバタさせて喜びました。

そして、またしばらくすると先生が渓太郎を呼びます。

「渓ちゃん」

それに合わせて渓太郎もバタバタと喜びます。先生が呼べば呼ぶほど、そのバタバタは激しくなり、しまいには、先生に抱っこしてほしくて手を上下左右に振り回しはじめました。胸につながれているカテーテルも一緒になって、渓太郎の腕に振り回されています。

(うわっ！　先生、これ以上呼んだら大変！)

真剣な顔をしながら「渓ちゃん」と呼ぶ先生と、必要以上に反応をする渓太郎。隣で見ている私はヒヤヒヤです。しばらくすると先生は、「大丈夫そうだね」と言いながら、急変がなかったことにホッとしたようすで聴診器を外しました。それと同時に私もホッとしました。

（やっとバタバタがおさまった）

ひと段落した先生は一気に穏やかな顔になり、ニコニコしながら渓太郎をそっと抱き上げました。そして、腕の中の渓太郎をのぞき込みながら、優しい声で名前を呼びました。

「渓ちゃん」

今度は反応の確認ではなく、深い愛おしさのこもった呼び方でした。先生の優しい声を聞いた渓太郎は、とっても嬉しそうにニコニコしながら首を傾けて、ほっぺをピタッと先生の胸にくっつけました。先生はちょっとびっくりして言いました。

「うわあ。渓ちゃんかわいい」

そして、またやってくれるかなあというように、先生は、もう一度渓太郎の名前を呼びました。

「渓ちゃん」

すると渓太郎は、「きゃっ、きゃ」とさらに大喜びをして、またほっぺを先生の胸にピタッとくっつけました。渓太郎のそのしぐさは、大好きな人に抱っこをされたときだけのものです。私は渓太郎のそのしぐさを見ながら思いました。

（ああ、こうやって、だれかから愛おしそうに抱っこをされている渓太郎を見るのは久しぶりだな……）

先生はしばらく渓太郎を抱っこすると、満足そうな笑顔を浮かべました。

「もう急な異変は起きないと思います。でも、心配なことがあったらナースコールを押してくださいね。すぐに来ますから」

そう言うと、壁にかかっていたナースコールのボタンを、私の枕元まで持ってきてくれました。そして、渓太郎に、「渓ちゃんバイバイ」と声をかけた後、私に「また来ますね」と言って病室を出ていきました。


私の心の真ん中が、少しだけ温かくなっているのがわかりました。そしてその温かさが、コンクリートのようにガチガチに固まっていた私の心を、じわじわと溶かしてくれる感じがしました。私はもっともっと心を溶かしてほしくて、渓太郎を抱き上げたときの先生の優しい表情と、愛おしそうに「渓ちゃん」と呼んだ声を、何度も何度も思い出していました。

転移

抗がん剤治療をはじめた翌日は、頭部のＭＲＩ検査がありました。入院したときに疑われていた、脳への転移を調べるための検査です。

前日はずっと、治療の副作用で体が急変したりしないだろうかとビクビクし続けて、やっとホッとしたかと思うと、今度は、「脳へ転移しているかもしれない」というドキドキで、私の心臓は、ほんのわずかな時間も落ち着いて鼓動することはできませんでした。

よく考えてみれば、渓太郎の病気がわかって以来ずっと、私には乗り越えなくてはいけない「試練」が、次から次へとやってきました。それはまるで「試練」がきれいに整列をしながら順番待ちをしているかのようでした。回数を重ねれば重ねるほど、私も、「次は何？」という気持ちにもなってきました。

試練が来ることに慣れてきたのか、鈍感になったのか、もしかしたら、ちょっとやけくそになっていたのか……。「渓太郎の命さえ奪うものでなければ、なんでも受けるよ」というくらいの気持ちです。でもそれは、決して強い気持ちを持てていたからではなく、それだけ渓太郎の命を奪われることが怖かったということなのです。

そして、ＭＲＩ検査があるその日も、私は朝から自分に言い聞かせました。

（結果はどうでもいい。渓太郎の命さえ助かればそれでいい。結果はどうでも……）

検査の予定時間になると、看護師さんが渓太郎を迎えにきました。ＭＲＩは渓太郎を眠らせてから行われるので、私は渓太郎のそばにいる必要はなく、ひとり病室に残されました。私たちがいたのは、病棟のいちばん奥にある個室だったので、渓太郎がいなくなると部屋の中は一気に静まりかえりました。

久しぶりの一人の時間……。何もすることがなくなった私は、なんとなくボーッと窓の外の空や木を眺めていました。すると、なぜかふと、長野日赤の先生の言葉を思い出しました。

「小児がんにかかる確率は、長野県で一年間に生まれる子どものなかの、たった一人がかかるくらいの割合です」

（広い長野県のなかでたった一人かあ……）

そんなことを思っていると、長野県のなかのいろいろな景色が頭に浮かんできました。病院のある安曇野の大きく広がる田んぼや畑の風景や、ため息が出てしまうくらいきれいな北アルプス。すそ野を大きく広げる神秘的な浅間山や、自然のすごさを物語るように切り立った山や谷が続く木曽。豪快で恐れを感じる天竜川。飯山の菜の花畑や、大きな諏訪湖……。

（ああ、こんなに広い長野県で生まれた赤ちゃんのなかの、たった一人が渓太郎だったんだ……）

（どうして渓太郎だったんだろう……。どうして私の子がたった一人に選ばれてしまったんだろう……）

そんなことを考えていると、病室の扉が開きました。

「ただいまあ」

渓太郎を抱っこした佐藤先生が入ってきました。

私は先生の声でハッと現実に戻り、あわてて返事をしました。

「渓ちゃん、おかえり。ありがとうございました」

「すぐに結果が出ると思うので、わかったらまた来ますね」

先生は渓太郎をベッドの上におろすと、すぐに病室を出ていきました。私は渓太郎の頭をなでながらまた考えはじめました。

(どうして渓太郎だったんだろう……)

答えが見つからないまま三十分くらいが過ぎると、佐藤先生が病室に来ました。

「結果が出たので面会室に行きましょう」

私は、ある程度覚悟ができていたので、その場で先生にきいてみました。

「先生、脳に転移していましたか?」

「うん。転移していました」

「そっか……」

その後、面会室で詳しく説明を受けてみると、脳に転移をした腫瘍は約三センチ。すぐに手術をするとダメージが大きくなるため、まずは抗がん剤である程度小さくしてから、もし可能であれば手術をするとのことでした。

(広い長野県のなかのたった一人に選ばれてしまうくらいなんだから、そんなに軽いはずないよな……)

両親への手紙

抗がん剤治療が終わって五日後、いつものようにベッドの上に寝そべりながら渓太郎と一緒に絵本を見ていると、病室の扉が中途半端にノックされました。

トン、ト……

あれっと思って廊下を見てみると、扉のガラス越しに、母がちょっと緊張ぎみに立っているのが見えました。

「ああ、渓ちゃん、ばあちゃんだよ」

私が絵本を置いて起き上がると、母が小さな声で、「失礼します」と言いながら入ってきました。母の顔を見るなり渓太郎は、目を大きく開いて、「きゃあ、きゃあ」と言って大喜びをしました。その声を聞いた母があわてて渓太郎に近づくと、渓太郎は両手を一生懸命にピンッと伸ばして母に抱っこをせがみました。

母は、やっと会えたねと言うかのように、サッと渓太郎を抱っこして言いました。

「渓ちゃん、元気で良かった。こんなに元気だったんだね。ばあちゃん、ずっと、具合悪いのかなあ、吐いたりしてるのかなあって、心配していたんだよ。元気で良かった。本当に元気で良かった」

抗がん剤治療がはじまってからは、感染予防のためにしばらく面会を断っていたので、母は、どれほどぐったりしているんだろうとずっと心配していたようです。私は嬉しそうな顔をしている母と渓太郎の邪魔をしないように、遠目で二人を見ながら、ひとり里帰りをしていたころの母を思い出していました。

愛おしそうに渓太郎のほっぺと自分のほっぺをくっつけていた母。渓太郎はもうすっかり寝ているのに繰り返し、繰り返し子守唄を聞かせていた母。お散歩に連れて行ったときに、渓太郎の足が冷たくなってきたと言って自分の靴下をぬいで履かせていた母。なつかしいなと思っていたら、母が渓太郎の頭をなでながら、突然つぶやくように話しはじめました。

「ばあちゃん、毎日毎日、写真の中の渓ちゃんの頭をね……こうやってなでながら……『早く良くなれ、早く良くなれ』って……」

そこまで言うと、耐えきれなくなった母は声を詰まらせて泣きだしました。そんな母をかばうように、私はわざとたくましい口調で言いました。

「治療やってもなんともなかったよ。大丈夫。私が絶対に治すから」

でも、そんな強気な言葉とは裏腹に、心の中では必死に母に謝っていました。

（お母さん、ごめんね……本当にごめんね……）

そのとき私は、母にとても残酷なことをしてしまったような気持ちになっていました。一度この上ない幸せを与えておいて、それを一気に取り上げてしまったのだと……。

このころから、私は両親に宛ててよく手紙を書くようになりました。当時私が出した手紙を両親が大切に保管していましたので、そのなかの一通を紹介します。

一月三十一日に私から母へ宛てた手紙です。


元気にしてますか？

こちらはふたりとも元気です！

渓太郎はほとんど副作用も出ずに、機嫌もいいです。

でも、これから少しずつ体調が崩れてくるとは思います。

それは、健康への通過点だから仕方ないですね……。

最近は仲良しになったママたちが次々と退院してしまって、少しさみしいです。

でも、「これからも仲良くしよう」と言って住所を教えてくれたり、電話番号を教えてくれたりしました。たくさんの友だちができたし、入院生活も捨てたもんじゃないです。

周りの人たちってありがたいですね。

ところで最近読んだ相田みつをさんの本にこんな言葉がありました。

「十億の人に十億の母あらむも我が母にまさる母ありなむや」

子どもにとって一番いいのは母親で、一番安心する人だということのようですが、果たして渓太郎はそう思ってくれているでしょうか……。

きっと今は、一日ごと、少しずつたくましくて安心な母に近づいていると思います。

そうじゃないと、渓太郎の病気には立ち向かえません。

私はこれからますますたくましくなって、渓太郎の病気の数倍ものパワーで渓太郎の病気に勝って見せます！

期待していてください。

同じ病気の子のためにも渓太郎を健康な体にしなくては！

こんな様子で慌ただしい一月ももう終わりますが、私の闘病パワーは全然弱まっていないので安心してくださいね！

辛くもなければ大変でもないです。絶対に勝つ戦いなので……。

それではまた……。

……渓太郎は私の隣でいびきをかいて眠っています……。

一月三十一日
美幸

かわいい前歯

入院してからしばらくはほぼ毎日、なにかしらの検査や、病状の説明、これからの治療についての話し合いがありました。そんな状況にいると、私の頭の中のほとんどが病気のことに占領されていて、私の意識は、いつでも渓太郎のお腹の中のミクロのがん細胞と戦っていました。

（どうしたらやっつけられるんだろう……）

いくらそんなことを考えてみても、医師でない私は、現実にがん細胞をやっつける手段はなにひとつとして持ち合わせていません。そんななにもできない自分に苛立ったときは、がん細胞をメッタ切りにしているところを想像しました。

剣を持ったミクロの私が、渓太郎の体の中で無数のがん細胞と戦っている……。

倒しても、倒しても、そこらじゅうに敵がいて、手当たりしだいに剣を振り回している私……。

（いくら戦ってもきりがない……）

私は想像のなかで一度も勝利のバンザイをしたことがありませんでした。

（この戦いはいつまで続くんだろう……。それに、これだけ頑張っても勝てるかどうかわからない戦いなんだ……）

そんなことばかりを考えていたある日のことです。

私がトイレに行こうと思って病室を出ようとすると、渓太郎が私の後を追って、「ギャー、ギャー」と大泣きをはじめました。「渓ちゃん、すぐ帰ってくるから……」となだめてみましたが、そんなことで納得するはずもありません。なにしろ自分は約一か月間、ずっと同じ病室に閉じ込められたままなのですから、私ひとりが扉の向こうの未知の世界に行くのを許せるはずもありません。そうはいっても、私の用事はトイレです。行かないわけにはいかないので、私はまたベッドに戻って、少しだけ渓太郎をあやすことにしました。

「よし、よし」

抱っこをして、背中をトントンします。でも、「トイレ、トイレ」と思いながらするトントンは、きっとどこかセカセカしていて、いつものゆったりとしたトントンではなかったのでしょう。渓太郎は「行かせまい！」というかのように大きな声で、「ギャー、ギャー」と叫び続けました。

困った私は、トントンをやめ、どうしようかと私の肩の上にあった渓太郎の顔をのぞき込みました。すると、渓太郎の口の中になにか白いものがあるのが見えました。

「えっ！　なに？　渓ちゃん、なに食べたの？」

こうなるとトイレどころではありません。私はあわてて渓太郎を向かい合わせに座らせて、泣いている渓太郎の口の中をのぞき込みました。すると、下の歯茎の前の部分にうっすらと白い線。

「うわあ！　渓ちゃん歯が生えてきた！」

つるつるとしたピンク色の歯茎から、わずかに顔をのぞかせたかわいい乳歯。

私は嬉しくて、嬉しくて、渓太郎の脇に両手を入れて、胴上げみたいに高く持ち上げました。

「わあい！　わあい！　渓ちゃん、歯が出てきた！」

渓太郎は泣き顔から一転、「きゃっ、きゃっ」と言って喜びました。

それは、私にとって久しぶりの感動でした。それまで、病気のことばかり考えていて、すっかり「病気と闘う母」になっていた私が、何か月ぶりかに「子育て中のお母さん」に戻ることができた瞬間でした。我が子の成長を楽しみにしている普通のお母さん……。

（そう。私は、お母さんだったんだよね……）


久しぶりに「渓太郎のお母さん」に戻ることができたときに書いた日記が残っています。

二月三日
今日、大泣きしている渓ちゃんの口の中を見てすごくうれしくなった！
下の歯茎に白い歯が生えている！
ほんの少し、ちょこんと生えた前歯。
成長している……確実に成長している。
当たり前のことだけど、今まで病気のことばかり気にしていたから、
「私は今、子育て中なんだ」ということを忘れかけていた。
かわいい、かわいい渓ちゃんの前歯。

今日は何度も口の中をのぞいてその歯を見た。

つるつる歯茎に出てきた白い線。

それは、渓ちゃんのかわいい、かわいい前歯だった。


「渓太郎が旅立つことになったら私もついていこう……」


一月に行われた抗がん剤治療から約二週間が過ぎたころ、治療の効果を確認するために、転移が確認された肺と脳のＭＲＩ撮影が行われました。

ＭＲＩ……これでもう何度目の撮影でしょう。

振り返ってみると、渓太郎が病気になる前はＭＲＩなんて言葉を聞けば、なにかすごいことをするような感じがしていましたが、当時の私にとっては、そんな撮影でさえ、よくある日常生活のひとコマのようになっていました。

その日の朝も検査室に行くために、いつものように佐藤先生が渓太郎を迎えにきました。

「渓ちゃん、じゃあ写真撮りに行こうね」

先生が楽しそうに声をかけながら渓太郎を抱き上げました。いつも病室ばかりに閉じこもっている渓太郎にとって、先生に抱っこされながら行く検査室までの道のりは、ほんのわずかな楽しいお散歩の時間でした。病院の廊下から見える中庭の景色も、壁に飾られた風景画も、廊下ですれ違うお見舞いの人たちも、渓太郎にとってはどれも珍しく、病室の外はワクワクだらけの冒険の世界です。先生に抱っこされた渓太郎は、そんな冒険への出発が嬉しくて、「早く行こうよ！」というように、小さな手でギュッと先生の白衣につかまります。先生はそんなギュッと握られた右手をそっとはずして、私に向かって渓太郎の手をバイバイと振りながら出発のあいさつをしました。

「じゃあ、写真撮りに行ってきまーす」

「はい。渓ちゃん、行ってらっしゃい」

私も同じように手を振りながら言うと、渓太郎は「早く！　早く！」というように、足をピン、ピンと曲げたり伸ばしたりして、嬉しそうに先生の肩の上に顔をピタッとくっつけました。への字型になった目がなんだか自慢気です。

「渓ちゃん、じゃあ行こうか」

先生が病室の扉の方に歩き出すと、後ろ姿になった先生の肩越しに、渓太郎の鼻から上だけがちょこんと見えました。私は、ちょこんと見えた渓太郎に向かってもう一度手を振りながら言いました。

「渓ちゃん、行ってらっしゃい」

病室の扉を出ると、渓太郎の姿は廊下の向こうにどんどんと遠ざかっていきました。先生の白衣の裾がヒラヒラとなびくたびに、肩越しにちょこんと見えていた渓太郎の顔が少しずつ小さくなっていきます。そんな二人の姿を、なんか、ちょっとさみしいなあと思いながら見ていたら、先生が廊下の先を右に曲がった瞬間に渓太郎の姿は消えて見えなくなりました。

（……もしかしたら……こうやって……）

急にウッと胸を前後から押しつぶされるような感覚に襲われました。

（もしかしたらこうやって……本当に渓太郎が私のもとからいなくなってしまうかもしれない……。もう顔も見られない、抱っこもできない、声も聞けない……。そんなところに本当に渓太郎がいってしまうのかもしれない……）

目の前の光景と自分の未来がだぶっているように見えてきて、ベッドの上に座っていた私はあわてて膝を抱えて小さく縮こまりました。怖さと切なさから身を守るように必死にギュッと体を固くしました。そして、小さく縮こまりながら目をつぶっていると、なぜか切なさだけが消えて、怖さが何倍にも大きくなりました。

（渓太郎がいなくなっちゃったらどうしよう……。離れ離れになっちゃったらどうしよう……。渓太郎を抱っこできなくなっちゃったらどうしよう……）

そんなことを考えていると、さっき見た光景がまた頭の中によみがえってきました。ニコニコ笑ったかわいい渓太郎が、どんどん私の元から離れていく……少しずつ小さくなって……ふっと見えなくなった瞬間……。私はあわてて、自分をなぐさめるように言いました。

「……そうだ……ついていこう。渓太郎が旅立つことになったら、私もついていこう。どんな場所かわからないところにひとりで行かせることなんてできない。いつまでも渓太郎と一緒にいよう……」

ギュッと縮こまっていた体の力が少し抜けて、ホッとしていることに気がつきました。

（そっか……私が怖いのは渓太郎と離れ離れになることなんだ……）

しばらくすると渓太郎が検査から戻ってきました。

「ただいまあ」

帰り道のお散歩も楽しかったのか、渓太郎はニコニコとご機嫌な顔をして先生に抱っこされています。私はまだ心の中にぼんやりと残る怖さを隠すように、なるべくいつもの笑顔を作って言いました。

「渓ちゃん、おかえり。楽しかったねえ」

すると先生は、「おりこうにしていましたよ。じゃあ、また結果が出たら呼びにきますね」と言ってすぐに病室から出ていきました。

先生がいなくなると、私は次に先生が来るときのことを少しだけ想像しました。

（びっくりした顔をして、「がんが全部消えていました！」と叫びながら病室に飛び込んできたらいいなあ……。何万人にひとりなんていう奇跡的な割合で病気になったのだから、奇跡的にがんが消えてもおかしくないのにね……）

でも、それはどこにも期待のない想像でした。渓太郎のがんが消えるなんて、奇跡よりも低い可能性だということは自分でもよくわかっていました。

（そんなことあるわけないよね……。世界中で治った人がだれもいないんだから……）

しばらくすると先生がやってきました。やっぱり先生はびっくりした顔ではなく、真剣な顔をして病室に入ってきました。

「失礼します。結果が出たので、面会室で写真を見ながら説明しますね」

（……やっぱりね……）

「はい。わかりました」

面会室に行くと、先生は私にこんな説明をしました。

肺にできた腫瘍は治療をしたにもかかわらず、さらにひとまわり大きくなっていること。

肺には一センチ大の新たな腫瘍ができていること。

脳の腫瘍はかなり小さくなっているものの、それは薬の効果ではなく、腫瘍の進行があまりに早く、栄養分がついていけなかったために腫瘍自体が自滅したこと。

（なんてがんなんだ……。自滅してしまうほどの速さで進行するなんて……）

私は、渓太郎と一緒に旅立つことが単なる想像ではなくて、どんどんと現実になっているのを感じていました。

抜け落ちた幸せの象徴

ＭＲＩ検査から五日後、二回目の抗がん剤治療がはじまりました。前回の治療は効果が見られなかったため、二回目は前回の一・五倍の量を投与することになりました。前回はほとんど出ることがなかった副作用も、二回目の治療では二日目くらいからさまざまな症状が出はじめました。

食欲低下、下痢、発熱、白血球の低下……。そして、治療から五日が過ぎたころには髪が抜けはじめました。渓太郎が頭をあげるたびに枕にはたくさんの髪がつきました。私はその髪を見ていたら、ふと里帰りをしていたころを思い出しました。

ふわふわした髪がかわいくて何度も何度も頭をなでたこと……。

抱っこをすると、ふわふわの髪がほっぺに当たってくすぐったかったこと……。

何度も何度も私を幸せにしてくれたふわふわの産毛を、枕の上からていねいにかき集めました。そして、息を吹きかけないようにそっと両手の中でひとつにまとめると、私はそれを小さな透明の袋に詰めて育児日記に貼りました。

（いっぱい幸せにしてくれて、ありがとう。私にとって幸せの象徴だよ……）

今でも育児日記に貼られた渓太郎の髪を見ると、あのなんとも言えない、ほわんとした穏やかな幸せがよみがえります。特別なことがなにもない平凡で幸せな毎日を過ごしていたあのころ……。

広々とした外の景色

二回目の治療から三週間くらいまでは下痢や発熱、白血球の低下などのひどい副作用が続き、渓太郎はほとんどの時間、ぐったりとベッドの上で横になっていました。そんな渓太郎に私はぴったりとくっついて、そっと頭をなでながら自分で作った子守唄を何度も唄いました。


「渓ちゃん、渓ちゃん、大好きよ。

渓ちゃん、渓ちゃん、かわいいね」

「渓ちゃん、渓ちゃん、大好きよ。

渓ちゃん、渓ちゃん、かわいいね」


繰り返し、繰り返し唄ってあげると、渓太郎は安心した顔でウトウトとします。

「渓ちゃん、ゆっくり休もうね」

優しい笑顔で渓太郎を見つめながらも、心の底ではまったく別の言葉をつぶやいていました。

「渓ちゃん、ごめんね……」

私が唄う「大好きよ」「かわいいね」は、本当は「ごめんね」の代わりの言葉でした。私は静かに子守唄を唄いながらも、心の中では罪を償うように叫んでいました。

「渓ちゃん、苦しいことばかりして本当にごめんね」

「渓ちゃん、健康な体に生んであげられなくて本当にごめんね」

でもそれは、私が決して口にすることができない言葉でした。

（もし私が「ごめんね」と言ってしまったら……渓太郎は、「なんでお母さんはこんなことするの？」「お母さんはどうしてぼくにこんなに苦しいことをするの」と思ってしまうでしょう……）

抗がん剤治療をはじめてからは、私は自分に誓っていました。「ごめんね」という言葉を決して自分の中から出さないと……。

激しい副作用も、治療から三週間が過ぎたころからはしだいに落ち着いてきました。下痢も治り、食欲もではじめて、白血球の数値も正常に戻ってきました。ベッドの上で渓太郎につきっきりだった私が、これでやっと、家族控室に行って食事が摂れるなあと思っていると、いつものように佐藤先生が午前の往診にやってきました。

「おじゃましまーす」

元気になった渓太郎は「きゃ、きゃ」と言って答えます。

「ああ、渓ちゃん、元気になったね。白血球の値も良くなったしね」と言って、先生はベッドの上にあったウサギのお人形を渓太郎の目の前で振って遊びはじめました。

「渓ちゃん、渓ちゃん、ウサちゃんだよー」

先生がウサギのふりをして、ちょっと高い声で渓太郎に話しかけます。すると渓太郎は「キャー」と言って、ウサギを捕まえようとします。そしてしばらくすると、ウサギは、捕まらないように、「逃げろー」と言って遠くに逃げます。そしてしばらくすると、また、「渓ちゃん、渓ちゃん、ウサちゃんだよー」「キャー」。私は、そんな二人のやり取りを見ながら、思いました。

（先生は渓太郎のことが本当に大好きなんだな……。ありがたいな）

そして、邪魔をしないように二人から少し離れたところから見守っていました。しばらく遊んでいると、先生は思い出したように私の方を向いて言いました。

「あ！　私、遊ぶために来たんじゃなかった。そう、そう！」

先生は胸のポケットから血液検査の結果が書かれた紙を取り出しました。

「もう白血球の値も上がったし、渓ちゃんもこんなに元気だから、よかったら今日から二日間くらい外泊に行ってみますか？」

「ん？　外泊？」

私は、渓太郎が退院するまでずっと病室から出られないと思い込んでいたので、一瞬言葉の意味が理解できませんでした。そんな私に、先生はもう一度言いました。

「二日間くらいおうちに戻って過ごしてもいいですよ」

「ええっ！　そうなんですか？　行きます！」

「じゃあ、今すぐに外泊許可書を書いてきますね。どうせなら早く行きたいもんね！」

そう言うと先生は、クルッと扉の方に体を向けてすぐに病室を出ていきました。先生の白衣の裾が大きくフワッとゆれました。

（うわあ、先生、かっこいい！）

私は先生の白衣が揺れるのを見るのが大好きでした。それは、かわいらしい顔をした先生が、とびきりかっこよく見える瞬間でした。

先生が出ていくと、私は急いで外泊のための準備をしました。まずは入院したときに持ってきたバッグをベッドの上に置いて、何を詰めたらいいのか考えました。

（んー、必要なものは……。歯ブラシや歯磨き粉は家にあるし、着替えも家にあるし……。持っていくものなんてそんなにないなあ）

そして、大きなバッグの中にとりあえず渓太郎の下着と洋服だけを詰めて、先生が来るのを待ちました。

しばらくすると、先生がヒラヒラと許可書を振りながら病室に入ってきました。私の前まで来ると先生は、「お母さん。はい、外泊許可書」と言って、まるで賞状を渡すかのように、両手で許可書を差し出しました。そして私も、「先生、ありがとう」と言いながら、賞状を受けとるかのように両手で許可書を受け取りました。

【外泊許可書
患者氏名　中村渓太郎
期間　三月十二日～三月十四日
行先　　自宅】

「それを看護婦さんに出してもらえば外泊できますからね」

「はい！　もうすぐに行きます」

私は準備した荷物を右の肩にかけてから、左腕で渓太郎を抱っこしようとすると、渓太郎はいつもと違う私のようすに、ポカンとしています。私は、そんな渓太郎を左腕に抱きあげながら言いました。

「渓ちゃん、おうちに帰れるんだよ！」

渓太郎は意味がわかったのか、病室から出られることがうれしいのか「きゃっ、きゃ！」と言って大喜びをして、私の左腕の中で大暴れしはじめました。

「渓ちゃん、ダメ、ダメ！　落っこちちゃうよ！」

私はウキウキして病室の扉を開けました。渓太郎も「ギャー、ギャー」といって興奮しています。一刻も早く家に行きたかった私は、そんな渓太郎の相手をすることもなく、すぐにナースステーションに行って、先生に書いてもらった外泊許可書を出すと、小走りで一気に玄関に向かいました。

途中、廊下ですれ違った桜井先生に、私は小走りのまま言いました。

「今日から外泊に行くんです！」

先生は私の後ろ姿に向かって大きな声で言いました。

「渓太郎くん、良かったねえ！」

病棟から続く長い廊下を左に曲がると、広々とした病院の玄関が見えました。するとその瞬間、私の足がピタッと止まりました。

（あ、あのときの……。はじめてこの病院に来たときに渓太郎と一緒に通った玄関だ……）

私の気持ちがサーッと静まり返りました。私の体だけが、肩で「ハア、ハア」と荒い息をして、心臓がドキドキと早い鼓動を続けていました。そのまましばらく、遠目に玄関の外を見ていると、なんだか外はもう別世界のような感じがして、それより先に行くのをためらってしまうような感覚になりました。私は、ためらうような気持ちと心臓のドキドキが少しおさまるのを待ってから、ゆっくりと玄関に向かって歩きだしました。

玄関の前まで来ると、大きなガラスでできた自動扉が開きました。

「うわっ……」

その扉から一歩外に出たとたん、私は目の前に大きく広がる視界に圧倒されて動けなくなりました。広々とした外の景色……。遠くを見ると、上にも右にも左にも大きく空が広がっていて、空の下にはきれいな山が左右にずっとつながっていました。

視線を少しずつ手前に持ってくると、田んぼや畑が広がっていて、目の前には道路、街路樹……駐車場……。私は立ち尽くしたまま、視界の中にあるものを一つひとつ確認していました。すると、なまぬるい風が頬に当たった瞬間、ポロポロ、ポロポロと涙が流れて止まらなくなりました。

（ずっと、あったんだ……。今までだって、ずっとあったんだ……。こんな空も、山も、田んぼも畑も……。きっと、今までだって何度も風に当たってきたはずだし、ずっとこうやって、自由に空の下を歩いていたんだ……）

私は、研ぎ澄まされたキラキラと光る感覚に胸を突かれるような感じがしました。それは鋭い痛みを帯びた感動で、私はその痛さと胸が熱くなるような思いに、いつまでたっても涙が止まりませんでした。

第五章　見えはじめた希望

冬から春へ

久しぶりに見る広々とした景色のなかを、私は車の止めてある付添い家族専用駐車場に向かいました。家に帰ることができるのが二日間しかないと思うと、ほんのわずかな時間ももったいなくて、私は病棟裏側にあるその駐車場までの道のりを、右肩には大きなバッグをかけて、左腕には渓太郎を抱っこして小走りで進みました。春の風が吹いているせいなのか、私が小走りで進んでいるせいなのか、病室では感じたことがないようなピリッとした新鮮な空気が、私の顔から右の頬と左の頬に分かれて流れていきます。

「気持ちいいなあ。ねっ、渓ちゃん、お外気持ちいいねえ」

そう言いながら腕の中の渓太郎を見ると、渓太郎は広々と開放された空間や少し強めの風に戸惑っているのか、ニコリともせずに私の横っ腹にしがみついて、ちょっとソワソワしています。

「渓ちゃん、これからおうちに帰るんだよ。早くおうちに行こう！」

戸惑い気味の渓太郎に、私はわざと元気な声で言いながら一気に駆け出しました。

「それっ！」

私が走りだしたのと同時に、渓太郎は私の腕の中で上下左右にゆさゆさと揺さぶられ、それが楽しかったのか急に元気になって、「キャッ、キャッ」と言って大喜びをしました。

そして、渓太郎が揺さぶられるのと同じように、右肩からかけていたバッグもゆさゆさと揺さぶられ、私の右肩からズルッ、ズルッと外れてきました。

「うわっ！　バッグが落ちてきたあ」

落ちないように右肩をおもいっきりいかり肩にしてみても、一度肩を外れたバッグは私が動くたびにズルズルッと落ちてきて、ついにくの字に曲げたひじの部分にストンと落ちて止まりました。

「うわっ！　重たーい」

そんな叫び声に、渓太郎は大喜びをしてバタバタと暴れます。

「うわっ！　渓ちゃん、暴れちゃダメー！」

暴れて斜めになった渓太郎を抱き直すこともできずに、私はどうにかわき腹の部分で横抱きにして荷物のように運びました。

「うー……。車はどこー？」

バッグの重さと渓太郎の重さで、体の重心を下の方に持っていかれたままやっとの思いで歩くと、しばらくして玄関裏の駐車場に着きました。

「ああ、やっと着いた。確か車はこの奥の方だったよなあ」

広い駐車場の中をキョロキョロと見渡しながら、私は靴の底を引きずるようにして奥の方へと進んでいきました。

「確かこの辺だったはずだけど……。どこだっけー。うー……もう限界」

すぐに車が見つからなかった私は、くの字に曲げた右ひじをピンと伸ばし、ぶら下がっていた荷物をアスファルトの上にドスンと落としました。そして、急に軽くなった右腕で、横になっている渓太郎を抱き直しながら、周りをキョロキョロと見渡しました。

（白い車、白い車。私の白い車はどこだ？）

すると、なんだか周りのようすがはじめて病院に来たときと違っていることに気がつきました。

（あれ？　雪は？　駐車場の脇に固まっていた雪はどこに行ったんだろう。あんなにいっぱいあったのに……）

しばらく頭の中がはっきりしないままに周りを見渡していると、空気がちょっとほこりっぽく乾燥していることに気がつきました。

（あ……そうか……。私の知らない間に外は春になっていたんだ……）

二か月間ずっと、雨が降ることもなく風が吹くこともなく、暑くも寒くもない、いつでも適温に保たれた病室にいた私は、いつのまにか季節が変化することすら忘れていたのです。そんな自分に、とてもびっくりしました。

（うわあ。本当にこんなことってあるの？　これじゃあなんだか浦島太郎みたいだ……）

私の頭の中では真冬から一気に春になってしまった感じがしていて、それはまるでタイムマシーンに乗ったような、空間移動をしたような、今まで感じたことがない不思議な気持ちでした。そんな不思議な気持ちのまま、一本ずつ指を折りながら四季を順番に数えてみました。

「春、夏、秋、冬……。春、夏、秋、冬……。冬にここに来たから、今は春かあ。そっかあ、もう春かあ。今は春なんだあ」

そんなことをつぶやきながら、辺りのようすを確認しつつ、ゆっくりと奥に進んでみると、駐車場のいちばん奥に止まっている私の車を見つけました。

「あった、あった！　渓ちゃん、ブーブーあったよ」

私は人差し指で車を差して渓太郎に場所を教えながら、駆け足で車に近づきました。そして、自分の車を目の前にした瞬間、ハッとしました。

（ああ……本当にこんなにも時間がたったんだ……。あの日……あの日は確かに雪が降っていたよね……）

目の前にある私の車には、二か月前はじめて病院に来たときのようすと、二か月間の時間の流れがはっきりと記録されていました。車体の下の方には雪解け水がはねて付いた泥がそのままカサカサになって付いていて、車のボンネットにはうっすらと薄茶色の砂ぼこりがかぶっていました。

「あれから二か月がたったんだ……。時間を忘れるくらい、ずっと必死になっていたもんね……」

そう言いながら私はそんな二か月間を確かめるように、ボンネットの上にかぶったザラザラとした砂ぼこりを人差し指で触りました。すると、それを見ていた渓太郎も、私の腕から身を乗り出して、一緒になってボンネットの上の砂ぼこりを触ろうとしました。

「あっ、渓ちゃん、おてて、汚れちゃうよ。ごめん、ごめん。早くおうち行きたいよね」

あわてて抱き直しながら渓太郎を見ると、私の視界の端っこに、アスファルトの上に置き去りにされたままのバッグが小さく映りました。

「あっ、渓ちゃん、荷物置きっぱなしにしてきちゃった！」

私は渓太郎を抱っこしたまま、駐車場の真ん中にポツンと放置されているバッグを取りに走りました。そして、さっきと同じように右肩からバッグをかけて、左腕に渓太郎を抱っこして、車に戻りながら言いました。

「渓ちゃん、おうちに帰ろう！」

なぐさめのような涙

ようやく車を発進させることができた私は、病院のすぐ近くにあるインターから高速道路を使って自宅に向かいました。少し高いところを走っている高速道路からは、安曇野の初春の景色が一面に広がっているのが見えます。視界の奥の方にはまだ雪が残る北アルプスがそびえていて、その手前には田植えに備えて田おこしがされた春の田んぼ。所どころにある畑のわきには軽トラックが止まっていて、その近くには農作業をしている人がいます。田んぼと畑に覆われた大地は視界を遮るものがなにもなくて、ずっと遠くにある家や川や道、車が動いているところも、人が歩いているところもはっきりと見えました。

そんな景色を見ていたら、北アルプスのふもとで生まれ育った母が、よく自分の故郷を自慢げに話していたことを思い出しました。

「私の小さいころは、裏を見ればすぐそこに北アルプスがそびえていてね、春も夏も秋も冬も、それは、それはきれいだったよ。北アルプスから流れてくる水はおいしかったし、空気だって澄んでいて、キーンとしていてねえ……」

(ああ、お母さんはいつもこんな景色を見ていたんだなあ。うん。確かに、北アルプスを見ていると「キーン」という音が聞こえてきそうだよ)

そんなことを思い出しながら運転をしていたら、カーブに入るのと同時に山に視界を遮られてハッと我に返りました。

(そういえば……渓太郎は寝たかのな?)

私がひとりで景色を眺めながらいろんなことを考えている間、渓太郎は身動きひとつせずにずっとおとなしくしていたことに気がつきました。

「渓ちゃん?」

名前を呼びながら一瞬パッと横を見ると、渓太郎は目をまるくして勢いよく流れてくる景色を食い入るように見つめていました。

「そうか。渓ちゃん、お座りしてチャイルドシートに乗るのははじめてだもんね。びっくりするよね」

私は真剣な顔をしている渓太郎の邪魔をしないように、それ以上話しかけることはやめて、家に着いたら何をしようかを考えることにしました。

（今日は渓太郎も疲れているからゆっくりしよう。帰ったら渓太郎と一緒にお昼寝をして……夕飯はパパに会社の帰りになにか買ってきてもらえばいいかな。ああ、今日はゆっくりお風呂にも入れるし、久しぶりに足を伸ばして寝られるなあ）

病院では渓太郎と一緒に子ども用のベッドで寝ていた私は、二か月間足を伸ばして寝たことがありませんでした。付添い用の簡易ベッドを借りることもできましたが、渓太郎にぴったりと寄り添っていたかった私は、いつでも体をくの字に曲げて渓太郎を包み込むように眠っていました。

ですから、外泊中にまっすぐ仰向けになって眠れることも、私にとってはとても楽しみなことでした。そして、そんな仰向けになって眠る自分の姿を想像していたら、ふと、胸のあたりがキューッと締め付けられるような感じがして、それと同時に下まぶたいっぱいに涙がたまりました。

（そうだ……今日は「川の字」になって眠ろう……。ずっとやってみたかった「川の字」

になって……）

入院する前、私は渓太郎の夜泣きが治まったら、親子三人で「川の字」になって眠るのをずっと楽しみにしていました。でも、もうすぐ「川の字」で眠れるかな……と思っていたころにはじまった入院生活……。はじめはささやかだったそんな夢も、入院生活をしているうちに「川の字」は、私にとって叶えたくても叶えることができないとても大きな夢になっていました。

（どんなに幸せだろう……。パパと私の真ん中にちっちゃな渓太郎がいて……。渓太郎の頭を私がなでて、渓太郎のお腹をパパがなでて……。きっと渓太郎はニコニコ幸せそうに笑うだろうな……）

そんなことを考えていたら、ギリギリ下まぶたに留まっていた涙が限界を越えて、ヒタヒタと頬に流れてきました。その涙は切なさでも嬉しさでもなくて、幸せな「川の字」にずっと憧れ続けてきた自分へのなぐさめのような涙でした。私はそんな涙を流しながら明るい声で渓太郎に言いました。

「渓ちゃん、今日は三人でねんねしよう！　渓ちゃんが真ん中で、渓ちゃんの隣にパパとお母さんがいるんだよ！」

私の明るい声に渓太郎はなにか楽しいことが待っているとわかったのか、ニコニコしながら手足をバタバタさせました。

ワイシャツの敷き布団

一時間半くらい運転し、お昼を少し回ったころに自宅に着きました。移動中は興奮しっぱなしで疲れたのか、渓太郎は車が止まった瞬間にチャイルドシートの上でウトウトとしはじめました。

「ああ、渓ちゃん、車じゃなくておうちでねんねしようね」

私は眠りかけている渓太郎を急いでチャイルドシートからおろして、抱っこをしながら玄関のカギを開けました。

「やっとおうちに着いたね。ゆっくり休もうね」

ホッとした気持ちで玄関に入ると、ひやっとした冷たい空気を感じました。

(うわ……なんだろうこの空気……)

それは生活感のまったくない堅苦しい感じのする空気で、それに触れた瞬間、さっきまでのホッとした気持ちが一気に緊張感に変わりました。

(なんか……自分の家に帰ってきた感じがしないな……)

それは居間に入っても同じでした。今までだったらいちばんホッとすることができた居間も、なんとなく緊張するようななじめない空気が漂っていて、私は居間の入り口で立ち尽くしたまましばらく周りを見渡しました。

（どうしたんだろう……。なんだかもう自分の家じゃないみたいだ……）

私は急にさみしい気持ちになって、腕の中で寝ている渓太郎の頭に寄り添うように、ぴったりと自分のほっぺをくっつけました。すると、渓太郎の顔のあたりからほわんとした赤ちゃんらしい柔らかなにおいがしてきました。

（うわあ、落ち着く。渓太郎のにおい……。ん？そっか……。においだ……）

以前は家の中のどこにいても、渓太郎のほわんとした甘いにおいがしていました。玄関にいても居間にいてもキッチンにいても、なまぬるい柔らかなにおいが漂っていて、私はそのにおいをかぐと、外から帰ってきたときでもホッとして気持ちが和らいだのを思い出しました。

（そっか。家に染みついていた渓太郎のにおいが消えちゃったんだ……。だから自分の家じゃないみたいなんだ……）

窓際を見ると、掃き出し窓のわきには、取り込まれたままの洗濯物が山になって積まれていました。その洗濯物の中には、渓太郎のかわいい服や私の服はひとつもなく、主人のワイシャツと下着だけが山積みにされています。

（ああ……パパは渓太郎も私もいないこの部屋に一人で戻っているんだなあ……。……さみしいだろうな……）

その洗濯物が、一人ぼっちにされてしまった主人のさみしさを物語っているように見えてきて、私は主人を慰めるかのように洗濯物の山の上にそっと渓太郎を寝かせました。

「渓ちゃん、パパのお洋服の上でねんねだよー」

そう言いながら高く積まれた洗濯物の山に渓太郎をのせると、洗濯物は渓太郎の体の形に沿ってスーッと沈みこんで、パパのワイシャツや下着が渓太郎を優しく包み込みました。

(なんか……渓ちゃんパパに抱っこされてるみたい……)

パパのワイシャツに包まれながら安心して眠っている渓太郎を見て、私はやっとホッとした気持ちになりました。そして私は、いつも使っていた薄い綿毛布を押し入れの中から一枚持ってきて、寝ている渓太郎にそっと掛けながら言いました。

「渓ちゃん、やっぱりおうちはいいね」

パパのにおいの付いたワイシャツを敷き布団にして、ふわふわの綿毛布に包まれた渓太郎はまるで天使のようでした。さみしさを物語っていたパパのワイシャツも、渓太郎がのった瞬間に温もりいっぱいの敷布団に変わったし、冷たく感じていた居間の空気も、しばらく渓太郎がいるだけでほわんとした柔らかなにおいに変わりました。

(渓太郎がただいてくれるだけですべてが幸せに思えるんだ……)

私は「渓ちゃん、ありがとう」とつぶやきながら、穏やかな顔をして寝ている渓太郎の肩を優しくトントンと叩きました。

私がそんな静かで安らかな時間を過ごしていると、玄関で急に大きな声がしました。

「ただいまあ！」

私はあわてて玄関に行って、目の前にいた主人に言いました。

「シーッ！」

口の前で人差し指を立てると、主人は、急に小声になって言いました。

「ただいま。午後有給もらえたから帰ってきた」

「そっか。渓ちゃん、寝てるよ」

私も小声で言うと、主人は無言で「うん、うん」と二回うなずいて、首をすぼめながらそーっと居間に入りました。そして、ワイシャツの上で寝ている渓太郎に静かに近づくと、スーツのまま、自分のワイシャツの上で添い寝をはじめました。

（え？　自分のワイシャツの上で添い寝？）

当たり前のようにワイシャツの上で添い寝をする姿があまりにもおかしくて、私は笑いをこらえながら小声で言いました。

「そこ洗濯物の上だよ？」

「うん。なんで？　気持ちいいよ」

主人は首だけ私の方に向けて小声で言いました。私はその意外な言葉にちょっとびっくりして、おもわず意味のわからない返事をしました。

「あ、そ、そうだよね。たまにはいいよね」

でも主人はそんな私の返事を聞いているようすもなく、口元に優しい笑みを浮かべながら渓太郎の顔をのぞき込んでつぶやきました。

「渓太郎、おかえり」

あとはなにも言わずに、ひたすら渓太郎の頭をなで続けました。

おまじない

渓太郎のそばで添い寝をする幸せそうな主人の邪魔をしないように、できるだけ二人から離れて、お風呂を洗ったり洗濯をしたりしていると、しばらくして主人が私を呼びました。

「ねえ、ねえ」

「ん？　なに？」と言いながら添い寝をしている主人に近づくと、主人は顔をあげて言いました。

「今日の夕飯はさ、なにか出前でもとろうよ。もうなんにもしなくていいよ。今日は早めに夕飯を食べてゆっくり休もう」

それを聞いた私は、それまでやっていた家事も一気にやる気がしなくなって、わざと疲れた声で言いました。

「うん……そうだよね。みんな疲れているからね。じゃあ、出前の電話してくれる？」

「うんわかった。注文するのはなんでもいいよね。適当になにか頼むよ」

そう言うと、主人は近所の食堂に電話をして親子丼と中華丼を注文しました。

（ああ、助かったあ）

一気に気が抜けた私は、やりかけの洗濯物もそのままにして床の上にゴロンと寝そべりました。そして、あおむけになって手を思いっきりバンザイしてみると、ピンと伸びた肩や腰、背中、ひざ……いたるところからグキグキグキッと関節が伸びる音がしました。

（ああ……私、けっこう疲れているんだあ。やっぱり出前にしてよかった）

そんなことを思いながら体を伸ばしていると、添い寝をしている主人の胸のあたりから渓太郎の笑い声が聞こえてきました。

「キャー、キャ」

（あっ、渓ちゃん起きた……）

私が渓太郎を抱っこしようとして上半身だけ起き上がると、主人が渓太郎の顔に自分の顔を近づけながら言っていました。

「渓太郎、おはよう。おうちに帰ってこられてよかったなあ」

渓太郎は両手を伸ばして、目の前にある主人の鼻をつかんだり頬を触ったりしています。

そんな二人の姿を見ると、私はいったん起き上がった上半身をもう一度ゆっくり横にして、二人に背中を向けて眠ったふりをしました。

私は外泊中、主人と渓太郎二人の時間をなるべく大切にしたいと思っていました。病院では私はいつでも渓太郎と一緒にいることができたし、これから先も私と渓太郎二人の時間は充分に取れます。でも、主人が面会に来る時間には、いつでも私や看護師さんがいたし、渓太郎に付添ができるのは私一人だけだったので、主人と渓太郎がゆっくり遊ぶ時間はなかなかありませんでした。楽しそうな主人と渓太郎をそのままにして私が少し離れた場所で休んでいると、さっきまで渓太郎と静かに話をしていた主人が、今度はなにやらリズムに乗っておまじないのようなものを唱えているのが聞こえてきました。

「早く〜、よくなれ〜！」

「早く〜、よくなれ〜！」

（ん？　なに？）

私がゴロンと体の向きを変えて二人の方を見ると、主人が渓太郎のお腹に手を当てたり、ひじをピンと伸ばして手を高い位置にあげたりしている姿が見えました。なにをしてるんだろうと思いながらよく見てみると、渓太郎のお腹に手を当てながら「早く〜」と言って、「よくなれ〜」と言いながら手を高く伸ばしています。しばらくすると、おまじないの言葉が変わりました。

「がん〜、飛んでけ〜」

「がん〜、飛んでけ〜」

（ふふっ。そうか、病気を遠くに飛ばすためのおまじないかあ）

渓太郎は主人の手がお腹に置かれるたびに、体をくねらせながら大笑いをしていました。

「ギャー！　ギャ、ギャ、ギャー！」

大笑いする渓太郎の姿と主人の手の動きを見ていたら、私も思わず笑いそうになりましたが、おまじないの言葉を聞くと、なんとなく笑ってはいけない気がして、おかしいようなちょっと切ないような、どう反応したらいいのかわからないような気持ちで二人のようすを見ていました。無邪気に大笑いをする渓太郎の姿をしばらく見ていたら、本当に渓太郎の体の中のがん細胞が主人の手に吸いつけられて飛び出していったのではないかと思えてきて、私は大きな声で言いました。

「ねえ、ねえ、そのおまじない本当に効果あるかもよ！」

すると主人は、おまじないの言葉と言葉の合間に、「そうだといいなあ」とひとこと言って、おまじないを続けました。

「がん、飛んでけ～」

「がん、飛んでけ～」

川の字

主人の不思議なおまじないと渓太郎の笑い声を、少し離れた場所で聞いていると、しばらくして出前が届きました。テーブルの上にどんぶりが二つと割りばしが二膳……。なんとなく物足りないような感じがして私は主人にききました。

「これだけでいい?」

主人は、また、半分笑いながら言いました。

「今日はなんにもしなくていいよ。ゆっくりしよう」

(ふふっ。そう言ってくれると思ってた!)

「そうだね! 今日は、ご飯を食べたらお風呂に入って、早めに寝た方がいいね」

(あ……)

私は自分の言葉で、ふと思い出しました。

(「川の字」……今日は「川の字」で寝たい……)

「あのさ、今日は三つ布団を並べて寝よう。もしかしたら渓ちゃん夜泣きするかもしれないけど、今日は三人でさあ……」

そこまで言うと、主人が嬉しそうに言いました。

「川の字かあ。いいねえ。布団で作る『川の字』って本当に真ん中が短いよなあ……」

今度は、私の腕の中にいる渓太郎に向かって言いました。

「渓太郎。今日は渓太郎が真ん中で『川の字』で寝ような。楽しいぞー」

すると突然、私の腕の中から渓太郎を取り上げて、天井近くまで高く持ち上げたりおろしたりしながら言いました。

「かーわの字!」

「かーわの字!」

渓太郎は大喜びをして、空中を泳ぐように手足をバタバタさせながらギャーギャーと叫びました。


渓太郎と主人が遊んでいる間に食事を終えた私は、さっそく寝室に布団を敷きに行きました。右側に主人の布団、左側に私の布団、その間にクマの絵が描いてある渓太郎の小さな布団……。三枚並べると、本当に「川の字」になりました。


はじめて見た「川の字」……。私は布団でできた「川の字」を、しばらくじーっと見つめていました。

(やっと作ることができた……ずっと夢だった「川の字」。こうやって宝物のような渓太郎を二人で挟んで眠りについてみたかった……)

泣けてくるような幸せな気持ちで「川の字」を見ていたら、急に心の裏側にザクッと覚悟をさせるかのような痛みを感じました。

(あと何回作ることができるだろう……「川の字」……。もしかしたら……)

胸のあたりで感じる泣けるほどの幸せと、心の裏側に突き刺さる、幸せが消えてなくなるかもしれない痛み……。私はその痛みから自分をかばうようにあわてて寝室を出て、居間にいた主人と渓太郎に明るい声で言いました。

「川の字できたよ！」

すると、主人は、「渓太郎行ってみよう！」と言って、渓太郎を抱っこして寝室に走りました。そしてしばらくすると、「わあ！」「ぎゃあ！」と、寝室から楽しそうな声が聞こえます。

（なに？　ふたりだけずるい！）

私もあわてて寝室に行ってみると、主人と渓太郎が布団の上でごろごろ転がったり、主人が仰向けになって渓太郎を両手で持ち上げたりしています。

「わあ、楽しそう！」

私も自分の布団の上にゴロンと横になりました。するとその途端、主人が、「はい！　パス！」と、高く持ち上げた渓太郎を私に渡します。私も同じように渓太郎を高く持ち上げると、渓太郎はギャーギャー言いながら体をくねらせます。

「うわあ！　渓ちゃん落ちちゃうよ！」

私が渓太郎を真ん中の布団の上に置くと、渓太郎は興奮して手足をバタバタと動かしながらキャーキャーと叫びました。渓太郎の嬉しそうな顔を見ながら主人が声を弾ませて言いました。

「今日は、もうお風呂も片づけもいいよ！　このままずっと渓太郎と一緒に遊んでよう！」

「うん。そうだね！」

それから私たちは、食事も中途半端なまま川の字の上で絵本を読んだり渓太郎とじゃれたりして何時間も遊びました。主人が渓太郎を高く持ち上げたり、うでをピンと伸ばして、伸ばした先の手のひらの上に渓太郎を乗せてクルクルと回転させたり……。そんな激しいパパの遊びのときには、渓太郎はギャーギャーと言って息を切らしながら大喜びをしました。

そしてそれに疲れると、私の腕の中でニコニコしながら休憩をしました。

（幸せだな……）

渓太郎が笑っていれば主人も私も本当に幸せでした。渓太郎が大笑いしていれば、それを見ているだけでワクワク楽しい気持ちになれたし、渓太郎が穏やかにニコニコと笑っていれば、それだけで心の中全体がホカホカと温かくなりました。渓太郎の笑顔さえあれば、あとはなにもなくても主人も私も一瞬にして幸せになることができました。

そんな楽しい時間を過ごしていると、渓太郎が私の腕の中にいる時間が少しずつ長くなってきました。もっと遊びたいと思って手をバタバタと動かすものの、疲れと眠気で目はトロンとしています。

「渓ちゃん、もうねんねだね」

私が渓太郎のお腹を優しくトントンと叩くと、渓太郎は安心したようにニコニコしたまま私の腕の中で眠りにつきました。

「渓ちゃん、寝たね」

そう言いながら、私はそっと掛布団をはいで、「川の字」の真ん中に渓太郎を寝かせました。渓太郎は両腕を横に開いて、足もO脚にパタンと開いて、小さな体で堂々としています。

「渓ちゃん、かわいい大将だね」

私がクスッと笑いながら渓太郎の体に掛布団をかけると、四角い布団のふちから、まあるい顔だけがちょこんと飛び出しました。

「渓ちゃん、おやすみ」

そう言って私も自分の布団に入って体を渓太郎の方に向けると、先に布団に入っていた主人が渓太郎の顔をじーっと見つめていました。そんな主人に私が小さな声で、「渓ちゃん、かわいいね」と言うと、主人はかすかに「うん」と言ったまま、瞬きもせずに渓太郎の顔を見つめていました。

（……なんかさびしそうだな……）

今にも涙を流しそうな主人の方を見ないように、私は体の位置を変えてあお向けになりました。すると、しばらくして私の左耳に主人が涙声でつぶやく声が聞こえてきました。

「渓太郎がいると幸せだな……。渓太郎が生まれて来てくれて本当に良かったな……」

そう言いながら渓太郎のお腹を優しくトントンと叩いているのがわかりました。

私は上を向いたまま、わざと明るい声で言いました。

「うん。ただいてくれればいいの。病気でもなんでも、こうやっていてさえくれればいいよね」

「うん……。本当にそれだけでいいよ」

両側から守られた「川の字」の真ん中……。真ん中にいる渓太郎から、私たちの幸せのすべてがあふれているのがわかりました。


「先生、がん小さくなっているかな……」


外泊から戻った二日後には、三回目の治療が予定されていました。私は、またすぐに治療がはじまるのだと思うと病室に戻る気にならず、治療までの二日間のほとんどを、渓太郎と一緒に中庭や廊下で過ごしました。

ガラスで囲まれた狭い中庭には、まとめて植えられたさつきが数本と、二か所に置かれたベンチ、小人や動物の置物が所どころに飾られています。私はそのなかから病室では見ることができないものを一つずつ選んで、渓太郎にいろいろなことを教えました。まだ花の咲かないさつきの、小さな葉っぱを一枚とって、乳母車の中にいる渓太郎に見せながら言いました。

「渓ちゃん、小さな葉っぱだよ。これは緑色。ほら、触ってごらん」

渓太郎の小さな手の平の上に葉っぱをのせると、渓太郎は宝物を手に入れたかのようにギュッと握って、私の方を見ながらニコニコと笑いました。

「渓ちゃん、ほら、これは枯れた葉っぱだよ。茶色だね」

私が足元に落ちていた枯れた葉っぱをパキンと半分に折って、渓太郎の頭の上からヒラヒラと落とすと、渓太郎は上を見ながら「きゃっ、きゃっ」と言って手足をバタバタさせました。

抱っこをして大きなガラス扉に近づくと、渓太郎と私の全身が映りました。私が、ガラスの中の渓太郎を指さして、「ほら、渓ちゃんが映っているよ」と言うと、渓太郎は不思議そうな顔をして、じーっとガラスの中の自分を見つめました。そんな渓太郎の右手をつかんでぶらぶらと揺らすと、ガラスの中の右手も同じようにぶらぶらと動きました。すると渓太郎は、だれなんだ?と言うかのように、ちょっと怒った顔をしてガラスの方に手を伸ばすと、ガラスの中の自分をバンバンと叩きました。

「渓ちゃん、渓ちゃん。そっと叩かないと割れちゃうよ」

そんなことを言いながらガラスの中の渓太郎を見ていると、ふと隣に映った自分の姿が目に入りました。

(あっ……この人が重い病気の子どもを持ったお母さんか……)

ガラスに映った私はとても小柄で、力いっぱいガラスを叩く渓太郎の動きに身を取られながら、落とさないように必死で渓太郎を抱っこしていました。

（こんなに小さな体で必死に子どもの病気と闘っているんだ……）

もともとの小柄な体に、必死に闘病していることが重なると、その姿があまりにも切なく見えて、私はガラスの中の自分に向かって言いました。

「よくがんばっているね。立派なお母さんだよ」

それは闘病以来、はじめて私が自分のことを思った瞬間でした。


穏やかに過ごした二日間が終わると、三回目の抗がん剤治療がはじまりました。三回目の治療は前回までのものより強い薬を投与したため、副作用も想像以上に大変でした。激しく襲ってくる吐き気に、ひどいときには一時間の間に五回の嘔吐をしました。でも、食事をしていない渓太郎の胃の中には吐くものはなにもなく、ただ苦しそうに「ウ……ウッ」と空気だけを吐き続けました。そして、そんな激しい吐き気は渓太郎の体力をどんどん奪っていきました。治療二日目には渓太郎は目を開ける力すらなくなって、口を小さく開けたまま「ハア、ハア」と荒い息をして、身動きひとつせずにぐったりと横たわっているだけになりました。

血色を失ったぽちゃぽちゃとした白いほっぺ……。

小さく開いたままの口……。

ほんの少しも動かないO脚に開いた脚や、短い腕……。

ピタッと閉じたままの小さな目……。

そして、唯一動いているのは、荒い呼吸に合わせて上下するポコッと膨らんだお腹だけでした。

（なんでこんなに苦しまなくちゃいけないんだろう……。生まれたばかりの渓太郎が……なにをしたわけでもないのに……。ただこの世に生まれて、これから大きくなっていこうと思っているだけなのに……）

私は自分の心の中に湧いてきた切なさに圧倒されて、「渓ちゃん」と名前を呼ぶことさえできなくなりました。渓太郎の方を向きながら添い寝をして、ただただ優しく頭をなで続けました。気がつくと、添い寝をしている私の目からは、止まることなく涙が流れていました。横を向いている私の涙は、ほおに流れることはなく、私の目からこめかみを通って一滴ずつ枕に染み込んでいきました。私はその涙をぬぐうことも、目をつぶることもなく、ただただ渓太郎の顔を見つめながら、切なさと申し訳なさと、どうすることもできないやりきれなさに、ひたすらに耐え続けるしかありませんでした。

二週間くらい過ぎると、渓太郎はしだいにいつもの元気を取り戻してきました。そして、渓太郎が充分に回復したころを見計らって、三回目の治療効果を確認するためのＣＴ撮影をしました。

ＣＴやＭＲＩ撮影のときは、いつも佐藤先生が渓太郎を迎えにきます。

「渓ちゃん、写真撮りに行くよ」

先生は入ってくるなりベッドのわきに座って、寝ている渓太郎の顔を上からぬーっとのぞき込みました。すると渓太郎は「きゃあ」と大喜びをして先生の顔に手を伸ばしました。両腕をピンと伸ばして右手と左手を交互に上下させて先生の顔をバシバシと叩きます。

「わあ！」

先生はギュッと目をつぶって渓太郎に叩かれるままになっています。しばらくすると先生は、パッと顔をあげてニコッと笑うと、人差し指で渓太郎の鼻をツン、ツン、ツンと三回つつきながら弾むような声で言いました。

「け・い・ちゃん！」

突然鼻をツンツンされた渓太郎は、はじめはポカンとしていましたが、「ちゃん」にあわせた三回目のツンで、「きゃ、きゃあ」と大笑いをはじめました。そして渓太郎は、目の前にある先生の人差し指を両手で追いかけて、右手で上手にキャッチしました。

「うわ〜。捕まっちゃった〜。放してくれ〜」

先生が人差し指をブルブルと左右に振ります。先生のブルブルに振られて渓太郎の腕も左右にユラユラと動きます。それがおもしろかったのか、渓太郎は興奮して体全体をくねらせながら大笑いしました。

「ぎゃあ、きゃ、きゃっ。きゃあ！」

私はそんな楽しそうな二人のようすを、ベッドの反対側にある椅子に座ってニコニコしながら見ていました。でも、そんな明るい表情とは裏腹に、なぜか頭の中はボーッとしていて、なんとなく焦点があわないような、二人の姿を見ているようで見ていないような不思議な状態でした。そして、なにかを考えていたわけでもないのに、自分でも気がつかないうちにポツリとひとことつぶやいていました。

「がん……小さくなっているかなあ……」

すると、渓太郎と遊んでいた先生はパッと顔をあげて、先生の指をつかんでいる渓太郎の右手をそっと外しながら、申し訳なさそうに言いました。

「小さくなっているといいですね……」

「……うん……」

私はボーッとしたまま返事をしたあとに、ハッと我に返りました。

（あ……なんか申し訳ないことを言ってしまった……）

私はあわてて明るい声で言い直しました。

「そんなことききかれても、先生だって撮ってみないとわからないですよね！」

「うん。体の中だからね」

今思えば、それはきっと、私の心の中に隠していた本当の気持ちが、ほんのちょっと口に出てしまった瞬間でした。

(渓ちゃん、本当に治るのかな……)

(渓ちゃんは死んじゃうのかもしれない……)

そんな心の奥底に持っていた気持ちのかけらを、佐藤先生にだけはポツリ、ポツリと出すことができたのです。

渓太郎が大好きな佐藤先生

CT撮影が終わると、佐藤先生が渓太郎を抱っこしながら病室に戻ってきました。

「ただいまあ」

「おかえり!　渓ちゃん楽しかったあ?」

私は数時間前に言ってしまった「がん……小さくなっているかな」というつぶやきを、早く先生に忘れてほしくてわざと明るい声で言いました。先生は腕の中にいる渓太郎と顔を見合わせながら言いました。

「楽しかったよねえ!」

そして、先生がゆっくりと渓太郎をベッドの上におろそうとすると、渓太郎はおろされまいとして、小さな手でギュッと先生の白衣をつかみました。

「ん？　渓ちゃん、おすわりだよー」と言って、ベッドの上におすわりさせても、渓太郎は先生の白衣をギュッと握ったまま放しません。肩のあたりをギュッと握られている先生の白衣が、ズルズルッと渓太郎の方に引っ張られました。こうなると先生は中腰になったまま立ち上がることができません。

（ふふっ。渓ちゃん、なんだか大きな獲物を捕らえた小グマみたい）

渓太郎の姿がおかしくて、私は思わずクスッと笑ってしまいました。そして、私が渓太郎の手を放そうと椅子を立った瞬間、先生は中腰になったまま渓太郎のおでこと自分のおでこをピタッとくっつけて言いました。

「渓ちゃん、そんなに先生に抱っこしてほしいの？　先生、嬉しいなあ」

先生は白衣をギュッと握られたまま、もう一度渓太郎を抱き上げました。そして、腕の中にいる渓太郎と真正面に向き合って、ちょっとしんみりとした声で話しかけました。

「ねえ、渓ちゃん。渓ちゃんは先生が痛いことばっかりする人なのに、こんなに好きなの？」

すると渓太郎は、そうだよと言っているかのようにニコニコと笑いながら、先生のほっぺを両手でペタペタと触りました。

私は、先生の言葉を聞いて、ふと入院したばかりのころのことを思い出しました。それは、入院二日目、佐藤先生が午前の往診にやってきたときのことです。先生は少し緊張ぎみにていねいなあいさつをしながら病室に入ってきました。

「おはようございます」

そのころは、まだ先生と私はあまり話をしたことがなかったので、お互いにちょっとかしこまった感じにあいさつをしました。

「あ、おはようございます」

「今日は、血液検査があるのでこれから採血をしますね。渓太郎くんをベッドに寝かせてください」

渓太郎の呼び方も「渓ちゃん」ではなくて、まだそのころは「渓太郎くん」でした。

ベッドの上で渓太郎を抱っこしていた私は、そんな先生の指示に従って、あわてて渓太郎をベッドの上に寝かせて、先生がいるのと反対側のベッドのわきに立ちました。すると、まだ慣れない先生が隣にいるうえに、私に抱っこをおろされてしまった渓太郎の顔は一気に不安そうな表情に変わりました。口をへの字にして、今にも泣き出しそうです。

そんな渓太郎に先生はそっと言いました。

「渓太郎くん、おはよう。これからちょっとチックンするよ。ごめんね」

慣れない先生に話しかけられた渓太郎は、ますます強く口を結んで、目に涙をためながら先生の方を見ないようにしています。

(うわあ……今にも泣き出しそう……)

そう思ってもなんとなく気まずくて、私はなにも言うことができずにベッドのわきに立っていました。すると、先生が渓太郎の腕をつかんだとたん、渓太郎ののど元ギリギリに溜まっていた泣き声が一気に爆発しました。

「ウギャー！　ギャー！　ギャー！」

体中でばたばたと大暴れをして必死に抵抗します。

（うわ！　大変！）

私はあわてて覆いかぶさるように渓太郎の小さな肩を押さえ込みました。

「渓ちゃん！　お母さんここにいるからいい子にしていて！」

すると、ベッドの向こう側から先生が私を呼びました。

「お母さん」

私は渓太郎を押さえながら顔だけ先生の方に向けました。すると、先生は優しく私にこう言ったのです。

「お母さん、手を放してあげてください。渓太郎くんはお母さんが大好きなんです。渓太郎くんにとって、お母さんだけは痛いことをしない人でいてあげてください。私がしますから……」

「あ……はい……」

私はひとことだけ言って、渓太郎の肩から手を放しながら心の中でつぶやきました。

（……そんなことまで考えてくれているなんて……。そこまで渓太郎や私のことを大切にしようとしてくれているんだ……）

それは私のなかで、佐藤先生が「病気を治してくれる主治医の先生」から「医師の資格を持った姉」という感じの存在に変わった瞬間でした。私が必死で隠している心の底の痛みを、私に代わって理解しようとしてくれる人……。

確かに私はあのとき、渓ちゃん、ごめん……、渓ちゃん、ごめん……、渓ちゃん、ごめん……と心の中で何度も謝って、自分の心を深く傷つけながら渓太郎を押さえつけていたのです。

私の頭の中では、入院二日目の先生の姿と、目の前にいる先生の姿が横並びになりました。「お母さんだけは痛いことをしない人でいてあげてください。私がしますから……」と言った先生と、「先生は痛いことばっかりする人なのに、こんなに好きなの？」と言った先生……。

頭の中で横並びになった先生の姿を見ながら、私はしみじみと思いました。

（本当は先生だって、渓太郎に痛いことなんてしたくないよね……）

そんな懐かしさに浸りながらふと目の前を見ると、先生は、渓太郎の耳元でなにやらささやいています。渓太郎もなにか楽しいことがあるのか、「きゃ、きゃ」と言って喜んでいます。

なにやってるんだ？と思いながら見ていると、先生は、渓太郎を抱っこしたまま左胸のポケットに右手を突っ込みました。そして、ポケットの中から白い紙のようなものの角を少しだけ出しました。渓太郎はポケットから出てきた白い紙を食い入るように見ています。

「渓ちゃん、これ欲しい？」

先生は紙の角をプルプル震わせました。渓太郎は早く出して！と言うように先生の手を引っ張ります。先生は渓太郎に手を引っ張られながら、少しずつ、少しずつ出し惜しみをしながら紙をひっぱり出しました。そして、なにやら緑色っぽいイラストが見えはじめた瞬間に、パッと一気に取り出しました。

「ジャン！」

先生と渓太郎の間に登場したのは、かわいいカエルのイラストが描かれたシールです。渓太郎はすかさずそのシールに手を伸ばしてギュッと握りしめました。すると、先生は優しく渓太郎に言いました。

「はい。渓ちゃん、それはプレゼントだよ。じゃあ、そのシールを見ながら先生が来るのを待っていてね。先生はこれから、さっき撮った写真を見てくるね」

そう言って、渓太郎をベッドの上に座らせて「バイバーイ」と手を振りながら病室を出ていきました。渓太郎はベッドの上で満足そうに先生からもらったシールを眺めたり、折り曲げたりして遊んでいました。

「**小さくなっていました！**」

先生が病室を出ていくと、私は結果が出るまで渓太郎を乳母車に乗せてお散歩に行くことにしました。渓太郎が病室から出ることを許可されるのは、一か月のうち、ほんの三、四日だけだったので、検査結果を待つわずかな時間でも病室の中で過ごすのはもったいないと思ったのです。

私は渓太郎を乳母車に乗せながら言いました。

「渓ちゃん、お散歩に行こうね！　どこに行こうかあ」

そうは言ってみたものの、またすぐ独り言のように言いました。

「でも、もうすぐ結果が出るよね……」

（ああ……なにを言われるんだろう……）

結局、いつも行っている中庭に向かうことにしました。嬉しそうにニコニコと笑っている渓太郎の顔を見ながらしばらく乳母車を押すと、ガラスに囲まれた中庭の前に着きました。ガラスの向こうからは、強く吹く風の音が聞こえてきます。

「渓ちゃん、今日はお外寒いかも……」と言いながら、私はほんのちょっとだけ扉を開けてみました。すると、わずかに空いた隙間から「ヒュー」と冷たい風が一気に廊下に入ってきました。

「うわあ、寒い。今日はお外は無理だね」

私はあわてて右手でバシンッと扉を閉めて、左手で乳母車の中の渓太郎の手を触ってみました。すると、渓太郎の小さな手はひんやりと冷たくなっています。

（わあ、冷たくなっちゃった！）

私はそのまま乳母車の前にしゃがんで、渓太郎の手を自分の手で包み込みながら言いました。

「渓ちゃん、おてて冷たくなっちゃったね。今日のお散歩は廊下にしておこうね」

渓太郎が嬉しそうにニコニコと笑うと、まあるいほっぺが上に持ちあがって、渓太郎の目がへの字型になりました。私はその笑顔がかわいくて、今度は両手で渓太郎のほっぺを包み込みました。

「渓ちゃん、かわいい」

かわいい姿を見ると、温かい気持ちになるのと同時に、同じくらいの苦しさも湧いてきました。

（どんな結果が出るんだろう……。おねがい……この笑顔を消さないで……）

私はしばらく渓太郎の両手とほっぺを温めてから、「じゃあ、行こうか」と言って廊下を歩きはじめました。四角い中庭を取り囲むようにつながっている廊下を、右回りで進みました。すると、はじめの角を曲がった瞬間、廊下のずっと先に検査室が見えました。

（佐藤先生は今ごろ、あの検査室で映像を見ているんだ……）

先生が真剣な顔をして写真を見ている姿が目に浮かびました。そして、それと同時に前回の検査のときに聞いた言葉が頭をよぎりました。

（また、大きくなっていました……）

私はザッと心の中を引っかかれたような痛みを感じ、なんとなくそれ以上進んではいけない気がして乳母車をクルッとUターンさせました。そして、もと来た方向に一歩、二歩と歩き出した途端、遠く後ろの方から私を呼ぶ声が聞こえました。

「渓ちゃんのお母さーん！　渓ちゃんのお母さーん！」

えっと思って振り向くと、佐藤先生が頭の上で白い紙を振りながらこちらに向かって走ってきます。無邪気にはしゃぐ子どものように走ってくる姿にびっくりしていると、しばらくして息を切らせた先生が私たちのところに着きました。

「先生、いったいどうしたの？」

先生は走ってきたドキドキと興奮が混ざったように、息を切らしながら途切れ途切れに言いました。

「結果！……結果！　小さくなってた！　渓ちゃん……小さくなってました！　肺も……脳も……がんが半分くらいに……小さくなってました！」

「ええっ！　ホント？　ヤッター！　ヤッター！　小さくなったんだあ！　ヤッター！　私ね、今回もまた大きくなっているのかも……って思ってたの。ああ、良かった！　ホント良かった！」

私は胸の前で両手をギュッと握って、小さくジャンプを繰り返しながら言いました。まだ息が切れている先生は、ハア、ハアという呼吸と呼吸の間にひとことずつ言いました。

「私もね……本当は……結果をきくのが怖かったの……。でも……本当に良かった！」

「先生、ありがとう……」

私が今にも泣きそうになりながら言うと、先生はゆっくりと乳母車に近づき、すっとしゃがんで渓太郎に向かって言いました。

「渓ちゃんが、がんばったんだよね。先生じゃなくて、渓ちゃんが、がんばったんだよね」

私はしゃがんで渓太郎に話しかける先生の姿を見ながら、心の中で何度も何度もつぶやきました。

（先生、本当にありがとう……。先生……本当にありがとう）

第六章　重い覚悟の日々

少し先の未来

「肺も……脳も……がんが半分くらいに……小さくなっていました！」

私はベッドの柵を背もたれにして座りながら、廊下で佐藤先生から聞いた言葉を、何度も何度も繰り返し思い出していました。

（脳も肺も、あと半分かあ。良かったなあ）

入院以来途切れることなく続いたピリピリとした緊張感から解放され、私はホッとしてミニカーで遊んでいる渓太郎を眺めていました。まだ上手にミニカーを動かすことができない渓太郎は、バンバンと叩いてみたり、ひっくり返して、小さな指でタイヤをクルン、クルンと回してみたりしています。表情を変えずに小さな指でタイヤを回す渓太郎の姿がちょっと退屈そうに見えて、私は小さな声でつぶやきました。

「お外に行けば、いろんな形をした車が走っているのにね。狭い病室の中じゃ、ミニカーで遊ぶことしかできないよね……。いつ退院できるかなあ。三か月で半分消えたから、あと三か月したら全部消えるかなあ。今は四月だから……五、六、七……七月ころかな。夏になったら退院できるかもね。夏かあ……」

そんなことを考えていると、顔のあたりに夏のモワッとした蒸し暑い空気が当たる感じがして、私は渓太郎が生まれたばかりの一年前の夏のことを思い出しました。

（去年の夏はとびきり暑かったなあ。あまりの暑さにパパも私もお母さんも、小さな渓太郎のことを心配したなあ……。生まれたての渓太郎には何を着せてあげたらいいのかとか、エアコンの風はよくないんじゃないかとか、あせもができる前にベビーパウダーを付けた方がいいんじゃないかとか……。そっか、あと四か月で一歳か。ん？　あと四か月ということは……！）

渓太郎の八月の誕生日が四か月先だと気がついた瞬間に、私はパッと渓太郎の方を向いて大きな声で言いました。

「ねえ、渓ちゃん！　渓ちゃんのお誕生日はおうちでお祝いできるかもしれない！」

突然大きな声で話しかけられた渓太郎は、びっくりしたように目を丸くして、とっさに手に持っていたミニカーを私の方に差し出しました。

「ん？　ありがと」

私は気のない返事をしてミニカーを受け取ると、「そんなことより」というように、体をくの字に曲げて、渓太郎の目の前に自分の顔を寄せながら、声を弾ませて言いました。

「ねえ、渓ちゃん！　お誕生日のプレゼントは何がいい？　ブーブーがいい？」

私の大きな声につられるように、渓太郎はケラケラと笑いながら目の前にある私のほっぺを両手で思いっきりつかみました。

「痛てて……」

手を放そうとして渓太郎の腕を引っ張ったらよけいに痛くなりそうだったので、私はほっぺをつかまれたまま、右手に受け取ったミニカーを渓太郎のおでこのあたりまで持ち上げて、顔を動かさないまま右手首をクルックルッと回転させて言いました。

「お誕生日のプレゼントはこんなに小さいブーブーじゃなくて、もっとでっかいのにしよう！　渓ちゃんが乗れるやつ！　おうちでブーブーに乗って遊ぼう！」

そう言って私はミニカーをサッとベッドの上に置くと、渓太郎がミニカーに気を取られている間にほっぺをつかんでいる渓太郎の手首を持って、頭の上に高くバンザイをするように持ち上げました。そして、頭の上から左右に両手を広げて、大きな輪を描きながら言いました。

「こーんなにでっかいブーブーにしよう！」

渓太郎は両手でグルンと輪を描くのと同時に、「キャハハ、キャハハ」と言って大笑いをしました。

「渓ちゃん、楽しいね！　じゃあもう一回やるよー　お誕生日のプレゼントは……」

そこまで言うと、渓太郎の両手を頭の上に持ち上げて、私は目と口を大きく開きながら、さっきよりももっと大げさに言いました。

「こぉ〜んなにでっかいブーブーだよぉ〜」

両手を左右にめいっぱい大きく開かれた渓太郎は、体をくねらせながら「ギャハハ、ギャハハ」と大笑いしました。

「渓ちゃん、お誕生日楽しみだねえ！　お誕生日のプレゼントは、渓ちゃんが乗れるくらいでっかいブーブーだね！」

私は、渓太郎と一緒に未来を思い描けることが嬉しくてたまりませんでした。渓太郎が生まれたばかりのころには、私はいつでも渓太郎との未来を想像していました。「来年の今ごろはよちよち歩きをはじめるかな」とか、「小学生になったらサッカーとか野球をやるのかな」とか……。でも病気がわかってからは、渓太郎との未来は一切考えることができなくなりました。ほんの一か月先の未来どころか、一週間先の未来でさえ……。少しでも先のことを考えようものなら、すぐに心の深い部分から、私の胸を裂くような言葉がいくつも湧いて出てきました。

「本当にそのときが来るのかな……」

「渓太郎はいなくなっているかもしれないよ……」

「はじめから先のことなんて考えない方がいい……」

自分の中から湧いてくるそんな言葉に、私は何度も何度も胸を切り裂かれてきたのです。そんな私にとって、ほんの一週間でも、一か月でも先のことを考えられるのは、このうえない幸せでした。それは未来を思い描くワクワクとした幸せというよりも、渓太郎がこの先も生きているということが実感できる、心の底から鼓動が聞こえてくるようなドキドキとした幸せでした。

私は弾むような気持ちで一か月後のこと、二か月後のことを考えました。「来月の初節句には、小さなこいのぼりのおもちゃをベッドに飾ろうね」とか、「そろそろ赤ちゃんせんべいを食べさせてみようか」とか、「今度の日曜日にはパパに歩行器を持ってきてもらって、あんよの練習をしてみよう」とか……。何年も先のことを考える余裕はありませんでしたが、一か月後も二か月後も渓太郎が私たちのそばにいてくれると思えるだけで、私の心は溢れるくらいに幸せでした。やっと手にすることができた未来に、私は涙をこらえたときに起こる、のど元がヒリヒリとする痛みを感じながら心の底から思いました。

(私にはもうこれだけあれば充分……)

現実から逃げたい

小さなこいのぼりのおもちゃを飾った五月が過ぎ、六月には渓太郎は歩行器で自由に動き回れるようにもなりました。そして、暑い夏を迎えた七月。五回目の治療の効果の確認を終えた桜井先生が、私たちの病室にやってきました。

「失礼します」

(あれ？……今回は佐藤先生じゃないんだ)

いつも報告に来るはずの佐藤先生はそこにはいなくて、珍しく桜井先生が病室の入り口に立っていました。

「はい」

私はベッドの上のおもちゃを片付けていた手を止めて、桜井先生の方に体を向けました。先生は、私に向かって軽くお辞儀をすると、ベッドの上でお座りしながら、ミニカーを不器用に走らせるようなしぐさをしている渓太郎にゆっくりと近づいて、ベッドの脇にしゃがみました。ベッドの脇に先生がしゃがむと、頭の位置は渓太郎の方がずっと高くなり、先生の顔は渓太郎のお腹くらいの高さになりました。先生は低い位置から渓太郎を見上げるようにして、ニコニコと笑いながら言いました。

「渓太郎くん、こんにちは」

お腹のあたりで声をかけられた渓太郎は、くすぐったかったのかケラケラと笑いながら、遊んでいたミニカーを先生の顔の前に差し出しました。そのころの渓太郎は、だれかに話しかけられると、いつでも手に持っているものを「はい」と貸してあげるようになっていました。そして、そうすることで、どの人も、「ありがとう」と言って喜んでくれることを知っていました。

桜井先生もやはり「ありがとう」と言って嬉しそうに笑ってくれました。

「渓太郎くん、ありがとう。貸してくれるの？　この車かっこいいねえ」

渓太郎が片手で握るにはちょうどいいサイズのミニカーも、先生の手にはあまりにも小さくて、先生は親指と人差し指でつまむようにしながらミニカーを動かしました。お座りしている渓太郎のつま先からおしりの方に、ぐるっと半円を描くようにミニカーが走ります。まだ自分では上手に走らせることができない渓太郎は、「すごいなあ！」というかのように瞬きもせずに自分の周りを走るミニカーを目で追いかけました。そして、ミニカーがグルンとおしりの方に走って行ったとき、あまりにも夢中になりすぎた渓太郎は、体をねじらせながら後ろにゴロンとひっくり返りました。

「おっとっと。渓太郎くん、ごめん、ごめん」

先生が渓太郎の背中に手を当てて体を起こすと、渓太郎は「ミニカーはどこ？」というように自分の体の周りをキョロキョロと見渡しました。

「渓太郎くん。ほら、ここにあったよ」

先生が渓太郎のおしりのあたりに手を伸ばして、転がっていたミニカーを取ると、「はい」と言って渓太郎に渡しました。渓太郎はニコニコして、また先生の目の前にミニカーを差し出すと、今度は手を何度も上下させました。渓太郎が手を上下させるしぐさは、「やって！　やって！」という意味です。そのとき差し出したのは、「貸してあげる」ではなくて「もう一回やって！」という意味でした。

そんな渓太郎の言いたいことも先生にはちゃんと伝わっていて、先生は、「もう一回だね」と言いながら、また渓太郎の足の先からおしりの方までぐるっと車を走らせました。そして、一回終わるごとに渓太郎は、自分のつま先あたりをトントンと叩いて「もう一回」「もう一回」とせがみ、先生がそれに応えます。それが何回繰り返されたでしょう。しばらくすると先生は、渓太郎の頭を優しくなでながら言いました。

「渓太郎くん、また遊ぼうね」

渓太郎の右手を取ると、小さな手のひらの上にミニカーをそっとのせました。それから先生はゆっくりと立ち上がると、ベッドの反対側に立っていた私に言いました。

「今日、ご主人は？」

渓太郎と遊んでいたときの笑顔は消え、瞬時に真剣な表情に変わりました。先生のそんな真剣な表情と、佐藤先生ではなくて桜井先生が病室にやってきたことが重なると、私はすぐに察しました。

（また渓太郎の状態が悪くなったんだ……）

そう思いながらも、私は冷静に答えました。

「たぶん仕事が終わりしだい来ると思います」

これまで幾度となく辛い宣告をされてきた私にとって、これから桜井先生に言われるだろうことは、「つらい宣告のうちのひとつ」のように感じていました。そんな私は、先生の問いかけに答えながら、「きっとまた心を打ちのめされるんだ」と自分に言い聞かせて、心を保つための準備をしました。それは今まで何度も何度も心が削がれるたびに心の周りにできあがった、分厚いかさぶたを確認するような作業でした。

（大丈夫。これまでだってしっかり受け止めてきたんだから……。もう何を言われても怖いものなんてないよね……）

そんな確認をしながら、私はテレビの上に置いてある時計を見ると、先生にもう一度言いました。

「いつも七時くらいには着くので……あと二時間くらいしたら来ると思います」

「そうですか。実は……渓太郎くんのことでお話があります。今回はご主人とお母さんのおふたりに聞いていただきたいと思いますので、ご主人がみえたら看護婦に声をかけてください」

（……やっぱり……）

その瞬間、かつて何度も感じた重苦しい空気が、先生と私の間に流れました。それは穏やかな口調で話しながらも眼差しだけはとても真剣な先生の表情と、これから何を言われるのかがわかってしまう私の切ない気持ちが作り出す独特の空気でした。

そんな空気のなか、私は先生にストレートにききました。

「がんが大きくなっていたんですか？」

先生は、言葉を選びながらも濁すことなくはっきりと答えました。

「はい……。今回はちょっと厳しいことをお伝えしなくてはいけないと思います」

「渓太郎の病気は治らないってことですか?」

「……厳しいです。一度は薬も効いたものの、渓太郎くんのがんは、もう薬への耐性ができてしまいました。私たちもびっくりするくらいの速さです……。私もこれほど進行が早いがんは今まで見たことがありません……」

「でも、まだほかにも薬があるんですよね?……私、渓太郎が生きてさえいてくれればいいんです。だから、一パーセントでも可能性があるなら治療してください」

「私も渓太郎くんに生きていてほしいです……。でも、一パーセントの可能性もあるかどうか……」

ほんのわずかな可能性でもいいから見せてほしくて、私は次から次へと先生にすがったり問い詰めたりしました。そんな私に対して、先生はほんのわずかな可能性も見せてはくれませんでした。その代りに先生は、その場にまっすぐに立ったまま、右手の甲を左手で覆いながら少しうつむいて、私の切ない問いかけを静かに聞き続けました。

そんな先生の姿を見ていたら、私は自分の胸の中で渦を巻くように湧き出てくる切なさに胸を締め付けられながらも、先生の胸の痛みが遠くの方から優しく、優しく伝わってくる感じがして、いつのまにか先生のことを必死でかばっていました。

(「あとで説明しますから」って言ってしまえばいいのに……。「私だって助けたくても助けられない」って言ってしまえばいいのに……。先生が悪いわけじゃないのに……)

そんな優しさに包まれた切なさと、温かさに包まれた苦しさで、私の胸はいっぱいになり、あまりの複雑な思いに力が抜けるようなやりきれない気持ちになりました。

そして私は、それ以上先生に問いかけるのを止めました。

「先生……。わかりました。主人が来たら連絡します」

先生はまっすぐ立ったまま、最後に、「お母さん、すみません……」と言って静かに頭を下げると、下を向いたまま病室を出ていきました。私は白衣を着た先生の背中に向かって心の中で言いました。

「先生のせいじゃないのに……。先生が悪いんじゃないのに……」

先生がいなくなると、私は頭の中が空っぽになってしまったように、辛くもなく苦しくもなく、フワフワとその場に浮いているような感覚に陥りました。しばらくすると、それまでずっと葛藤し続けてきた「どうしても渓太郎に生きていてほしい」という思いと、「どうにもならない現実」に疲れ切ってしまったのか、私は自分の中身を消してしまいたいと思うようになりました。

（もういっそのこと、ショックで気を失ってしまいたい……。私の頭の中の記憶が全部消えて、渓太郎のことがわからない自分になってしまいたい……）

それは闘病以来はじめて「現実から逃げたい」と思った瞬間でした。

しばらくすると仕事を終えた主人がやって来ました。

「ただいまあ」

そう言いながら静かに病室の扉を開けると、いつものように笑顔で渓太郎に近寄り、キャッキャと喜んでいる渓太郎を抱き上げて、顔をのぞき込みながら言いました。

「渓太郎、ただいま。おりこうにしてたか？　渓太郎、今日も元気だな。早く退院できるといいなあ。もう少しだぞ」

渓太郎は「元気だよ」と答えるかのように、キャーキャー言いながら、きれいにセットされた主人の髪をつかんで引っ張ったり、鼻をつかんだりしています。主人は嬉しそうに髪をぐちゃぐちゃにされながら「渓太郎」と呼びかけたり、渓太郎の脇に手を入れて「高い、高い」をしたりしています。治療の効果が現れてからの主人は、とにかく渓太郎と家で過ごせる日のことばかりを考えていたので、私が現実から逃げようとしているなんてことにはまったく気がつきませんでした。そんな主人の姿を見ながら私は、「早く言わなきゃ……。ぬか喜びをさせたままではいけない」と思い、病室に来たばかりの主人に言いました。

「あのさあ……」

私が話かけても主人は、渓太郎と顔を合わせてニコニコしながら気のない返事をしました。

「ん？」

「あのさあ、ちょっといい？」

「ん？」

私がいくら呼びかけてもこちらを向いてはくれず、気持ちは一心に渓太郎に向かっていました。仕方なく私は、自分の声がほとんど届かない状態のまま主人に言いました。

「桜井先生が話があるって……。パパが来たらふたりで面会室に来るようにって……」

「え……」

主人は一気に真顔になって、渓太郎をベッドの上に座らせながらきいてきました。

「どういうこと？」

「がん、また大きくなったって……」

「え……。でも、また治療すれば治るんでしょ？」

「可能性はほとんどないって言ってた……。一パーセントの可能性もないって……」

主人は、私の言葉を否定するかのようにベッドの脇にしゃがみ込んで、お座りしている渓太郎の小さな肩を両手でつかみながら言いました。

「そんなことないよな！　渓太郎！　絶対よくなるよな！　大丈夫だよな！」

今まで聞いたことがないような主人の強い声にびっくりした渓太郎は、きょとんとしていました。そんな渓太郎の肩をつかんだまま主人は、自分の両腕の間に頭を落とすと、グッと下を向いたままつぶやきました。

「大丈夫だよ。おれは信じるよ。大丈夫だよ……」

そんな主人の姿を見ながら、私は心の中でつぶやきました。

（ごめんね……。治してあげられなくて……本当にごめんね……。私が生んだ子なのに……。

渓太郎の母親なのに……）

先のわからない命

私たちは渓太郎を看護師さんに預けて面会室に行きました。

「失礼します」

主人が面会室の扉を開けると、長机の奥の方に桜井先生、手前には眉間に力を入れて切なそうな表情を浮かべた佐藤先生が座っていました。そしてふたりの先生の後ろにはＭＲＩの映像がずらっと並べて映し出されていました。一瞬写真に目を向けた主人が、聞こえるか聞こえないかわからないくらい小さな声で言いました。

「渓太郎の写真か……」

入り口で立ち止まっている主人の背中を、私がそっと押しました。二人とも中に入ると、桜井先生の正面に主人、佐藤先生の前に私が座りました。一瞬沈黙になった後、桜井先生が主人に話しかけました。

「お仕事の後でお疲れのところすみません……。奥様から聞いているかもしれませんが、渓太郎くんの病気のことでお話したいことがあります」

「はい……」

「今回MRIを撮ってみたところ、かなり悪くなっていました。こちらをご覧いただいていいですか。これが脳の写真ですが……」と言うと先生は、頭部の断面図を指さしながら続けました。

「脳の腫瘍は前回よりふた回りくらい大きくなっています。治療をしているにもかかわらず、これほど大きくなるのはふつうではあまり考えられません。そして、こちらが左側の腎臓です」

今度は腹部の断面図を指さしながら言いました。

「渓太郎くんは入院したときに右の腎臓を取ってありますので、右側の腎臓は映っていませんが、ひとつしかない左の腎臓も、腎臓の半分くらいにまで腫瘍が入り込んでいます」

「……はい」

口をぎゅっとつぐんだ主人が、かすかに口を開けて返事をしました。

「私たちもこれほど進行が早い腫瘍はあまり見たことがありません……。今まで有効だと思われる薬はすべて使ってみましたが、どれもがんの進行を食い止めることはできませんでした。これ以上渓太郎くんに苦しい思いをさせて治療を続けても、渓太郎くんの病気が治る可能性はほぼゼロに近い状態です……。……今、治療を止めればまったく苦しむことなく二週間くらいはおうちで楽しく過ごすことができると思います。……おうちに帰られますか？」

「……二週間……」

私の頭の中では、七月のカレンダーの二週目と三週目を、日曜日から土曜日までスッ、スッと指でなぞっているところが頭に浮かびました。指をサッと右に動かすとあっという間に一週間が終わりました……。もう一回サッと動かすとあっという間に二週間目が終わりました……。あまりの短さに私は愕然として、自分でも気がつかないうちに叫んでいました。

「先生、治療してください！　がんが治らなくてもいいです。ただ渓太郎が生きているだけでいいから治療してください！」

私は横にいる主人にも同意を求めるように言いました。

「ねえ！　家に帰ることなんてできないよね！　渓太郎が生きてさえいてくれればいいよね！　健康な体にならなくたって生きていてくれればそれでいいよね！」

あまりのショックに身も心も固まってしまっている主人は、私の叫びに圧倒されながら、私の言葉に流されるように言いました。

「……うん……」

何度も小さくうなずきながら私の叫びを聞いていた桜井先生は、主人が「うん……」と言った瞬間に主人の方を向いてはじめて一回大きくうなずきました。そして、桜井先生は私たちに同意するように言いました。

「私たちも渓太郎くんに生きていてほしいです。あんなにかわいい渓太郎くんにずっと生きていてほしいです。だけど現代の医療でも限界があります。どうしても治せないこともあるんです……。もし渓太郎くんに、これからも治療を続けるとしたら、それは治すための治療ではなくて延命のための治療になります。その治療をすることで命を落としてしまうことがあるかもしれませんが、それでも治療を続けますか？」

「続けてください……。一パーセントの可能性がなかったとしても、〇・一パーセントや〇・〇一パーセントの奇跡を信じたいです……」

私がそう答えると、桜井先生は冷静に言いました。

「わかりました。では、これからも渓太郎くんの体に細心の注意を払いながら治療を続けます。……あと、外泊についてですが、渓太郎くんの場合、白血球が低い状態でも外泊を許可します。先がわからない命ですから、後悔のないようにご家族で幸せな時間を過ごしてください」

このとき桜井先生の言った「白血球が低い状態でも外泊を許可します」という言葉は、入院中に言われたどの言葉よりも、私の胸の奥深くまで突き刺さりました。それは鋭い剣を差し込まれたような激しい痛みを感じるものではなくて、胸の奥に「覚悟」という塊を押し込まれたような、ズシッと胸のあたりが沈み込むような、鈍い苦しさを感じるものでした。

私は胸の真ん中に押し込まれた重い「覚悟」の塊を抜き取りたいとは思いませんでした。ズシッとした重さを抱えたまま渓太郎のそばにいたいと思いました。それが言葉を理解できない渓太郎の代わりに、勝手に治療を続けると決めた私の責任だと思いました。

一歳の誕生日

八月十二日、延命の治療を続けた渓太郎は一歳の誕生日を迎えました。その日の朝、先に目が覚めた私は、隣で寝ている渓太郎の頭をなでながらそっとつぶやきました。

「渓ちゃん。はじめてのお誕生日、おめでとう」

そして、心の奥から静かに続きの言葉が流れてきました。

（……でも……きっと最後のお誕生日……）

それまでは、そんな言葉が浮かぶたびに胸を切り裂かれるような思いをしていましたが、「覚悟」の塊を胸の真ん中に置いたまま、渓太郎のそばで生きようと決めてからは、自分の心の奥から湧いてくる言葉と必死に戦うようなことはなくなり、剣のような気持ちで自分の心を傷つけるようなことも少なくなりました。

渓太郎がいなくなる覚悟ができたわけではありません。「いつまでも生きていてほしい」という変わらない思いを持ちながらも、一日一日、一時間一時間……一分、一秒を渓太郎と一緒に幸せに生きたいと思うようになったのです。もしかしたらそれは、「そうしたい」というよりも、幾度となくどうにもならない現実を見せつけられたことで、そうするしかなかったのかもしれません。でも……そのときから私の心は、周りにできた分厚いかさぶたがゆっくり剥がれ落ちていくかのように、静かで穏やかな状態になっていきました。

（渓太郎の命はあとわずかだと言われていても、今、こうして生きていてくれる……。辛いことも切ないこともたくさんあるけど……でも、今、こうして一緒に生きていられる……）

そう思えてからの私は、本当に幸せでした。渓太郎の辛そうな姿を見れば、切なくて苦しくて、そのやり切れなさに何度も何度も渓太郎に「ごめんね」と謝ったこともありましたが、渓太郎がちょっとニコッとしただけで胸の中でクラッカーが弾けるくらいに楽しい気持ちになりました。抱っこしたときに渓太郎のほわんとしたにおいをかぐだけで、この上ない幸せに心の底からホカホカと温かい気持ちが湧いてきました。

渓太郎の機嫌が悪くて泣き続けたときでさえ、「渓ちゃん、どうしたの？」と声をかけながら涙をぬぐってあげられることが、幸せで、幸せでたまりませんでした。そして、渓太郎の柔らかい胸で「トクッ、トクッ」と打つ鼓動を感じられると、心の底から湧いてくる感謝の気持ちでいっぱいになりました。そしてそのころから私は、夜になると眠っている渓太郎の胸の上に手を当てて、鼓動の一回一回を数えながら、心の中で「ありがとう、ありがとう」と言って、幸せに包まれながら眠りにつくようになっていました。

そんななかで迎えた誕生日でしたから、私は渓太郎に「おめでとう」というよりも、「これまで生きていてくれてありがとう」と言いたい気持ちでした。私はその日の朝、まだ渓太郎が眠っている間に、育児日記に渓太郎への感謝の手紙を書きました。

八月十二日

大変な思いをしながら一生懸命がんばってくれたね。

本当にありがとう。

生きていてくれてありがとう。

渓太郎はそんなに小さな体で、お父さんやお母さん、じいちゃん、ばあちゃん、先生や看護婦さんにたくさんのことを教えてくれました。

生きることの素晴らしさ、命の大切さ、優しさや人間のすごさ……。

渓太郎が笑顔を見せてくれた時はお父さん、お母さんの至福の時です。

八月十二日はお父さん、お母さんにとって一番大切で、一番好きな日です。

渓太郎はたくさんの人から愛情を受けて育っています。

病気になってしまったけど、とても幸せな子なんだということをわかってください。

そして、お父さんとお母さんは誰よりも幸せな親です。

渓太郎が私たちの子どもとして生まれて来てくれたから……。

これからもずっと一緒に生きていこうね。

お父さんとお母さんは渓太郎のためならなんでもするからね。

お母さんより

誕生日のプレゼント

この日記を書き終えたときに、病室の入り口からカサカサという音が聞こえてきました。

「ん？」と思いながら扉の方を見ると、扉のガラスの向こうにニコニコ笑った母が立っていました。その嬉しそうな笑顔から、今にも、「渓太郎の誕生日のお祝いにきたよ！」という声が聞こえてきそうです。母は、私の腕の中に渓太郎がいないことがわかると、扉の向こうで目を大きく見開きながら鼻の下を伸ばして、ガラスに顔を近づけてベッドの上の渓太郎をのぞき込みました。そして、「なるほど」というように二回うなずくと、右のほほの下で両手を斜めに合わせてネンネのポーズをしました。

私も「そうだよ」と答えるように、おもいっきりの笑顔を作って二回うなずくと、母は静かに扉を開けて、足音を立てないようにかかとからつま先にゆっくり体重移動させながら、サイドテーブルの前に座っている私のところに歩いてきました。そしてまた鼻の下を伸ばしながら布団の中の渓太郎をのぞき込むと、ヒソヒソと小さな声で言いました。

「渓ちゃんまだネンネしてるね。ちょっと早すぎちゃったかなあ」

私も母に合わせて小さな声で答えました。

「大丈夫。きっともうすぐ起きるよ。それより、今日、渓ちゃんお誕生日だね」

「渓ちゃんももう一歳なんだね。よかったね……お誕生日迎えられて……」

「うん」

「渓ちゃんにあげるプレゼントはなにがいいかなあってずっと考えていたんだけど、ケーキも食べられないし、おもちゃもそんなにたくさんいらないし、いろいろ考えて、服がいいかなあと思って、ばあちゃん、渓太郎の服作ってきたよ」

そう言って母は足元に置かれた紙袋の中に手を入れると、カサカサ音がするのを気にしながら、緑色の生地にかわいい恐竜のイラストが描かれた布で作ったブラウスを引っ張り出しました。そしてブラウスを布団の上に広げると、肩の部分をつまみながら渓太郎の顔に向かってスーッと滑らせて、寝ている渓太郎の肩の位置に合わせてブラウスを置きました。桃太郎のような男の子っぽい顔をした渓太郎に、深い緑色がとってもよく似合っていて、私は思わず大きな声で言いました。

「うわあ！　渓ちゃんお似合い！」

すると母はあわてて口の前で人差し指を立てながら、「シーッ」と言って、また紙袋の中に手を入れました。そして今度は中から同じ布で作ったオーバーオールを引っ張り出しました。それを見た瞬間、さらに大きな声が出そうになった私は、口を両手で押さえて小さな声で言いました。

「うわあ！　すごーい！」

そんな私の目の前で、母はニコニコしながらオーバーオールの肩ひもの部分をつまむと、さっき置いた上着の肩の部分に肩ひもを合わせて置きました。すると、深緑色のブラウスとオーバーオールを着た渓太郎が完成しました。

「わあ！　上下おそろいの服、かっこいいねえ！」

それまでパジャマを着ているところばかり見ていた私は、渓太郎が赤ちゃんから一気にちびっこに成長したように見えてとてもびっくりしました。大喜びしてはしゃいでいる私の隣で、母はちょっと照れた顔をしながら言いました。

「どんな布がいいか迷ったんだけどさあ。ばあちゃんのセンスだとこんな感じになっちゃってねえ。気に入らないかもしれないけど、一回でも二回でも渓太郎に着せてやって」

そんな母の言葉を聞きながら私は心の中で、本当は「どんな色がいいのかなあ」とか、「どんな形がいいかなあ」とか一生懸命考えながら作ってくれたクセにと思いながらも、渓太郎のことを想う母の気持ちに、胸の奥をポカポカと温められながら言いました。

「なんで？　かわいいよ！　渓ちゃん一歳になったんだなあって感じがするよ。ありがとう！　今度外泊するときに、これを着せてあげるね」

しばらくすると渓太郎が目を覚まして、キョロキョロしながら私を探しはじめました。そして、横を向いた瞬間に母の姿を見つけると、「あっ！　ばあちゃんだ！」と言うかのように大喜びをして、キャーキャー言いながら布団の中で手足をバタバタさせました。すると母はふざけて、顔の横で爪を立てた怪獣のように手を開きながら、ガラガラ声で言いました。

「渓ちゃん、ばあちゃんだぞぉー」

そんな母の声に渓太郎はさらに興奮してギャーギャー言いながら、思いっきりバンザイをして母に抱っこをせがみます。「怪獣なのに抱っこしてほしいんだね」と私が言うと、母は「だって、ばあちゃんだもんねえ」と言いながら渓太郎を抱き上げました。すると渓太郎はニコニコしながら両腕で母の首元にしがみついて、足を曲げたり伸ばしたりしました。

「おお、渓ちゃん、渓ちゃん」

渓太郎の激しい動きによろよろしながら母は、首元にしがみついている渓太郎の腕を引っ張って渓太郎の顔を自分の顔の前まで持ってくると、おでことおでこをくっつけました。

「渓ちゃん、今日はお誕生日だねえ！　おめでとう。今日で一歳だよ！」

そう言うと、母は渓太郎の顔の前で人差し指をピンと立てました。すると渓太郎はキャハハキャハハと笑いながら、人差し指を右手で握り、自分の方にグイッと引っ張りました。

「わあ！　渓ちゃん、やめて、やめて。『一』だよ。『一』！」と言いながら、母は渓太郎の手の中から自分の人差し指を抜き取り、「渓ちゃん、一歳！」と言いながら、渓太郎の右手を取りました。そして右手の親指を折ると、人差し指だけ残して、中指、薬指、小指と順番に折っていって、小さく丸まった渓太郎の手を、母は自分の手で包み込みました。小さな人差し指だけがピンと立ち、かわいい「一」ができあがりました。

自分の手で「一」を作った渓太郎は、とっても満足そうにニコニコして、ピンと立った小さな人差し指を見つめます。母の手で包み込まれたお団子のような手の中から、プクプクとした小さな指が一本……。

そのあまりのかわいさに、私は胸がキューッと締め付けられる感じがしました。

（渓ちゃん、かわいい……）

そして、ピンと立った小さな、小さな人差し指を見つめていたら、いつのまにか私は心の中で小さくつぶやいていました。

（そこから指が一本ずつ増えていってくれたらいいのに……。来年の今日、「二」を作ることができたらいいのに……）

母と私で代わる代わる抱っこしながら、渓太郎の手で「一」を作る練習をしていると、勢いよく病室の扉が開きました。「え？」と思って入り口を見ると、そこには大きな白いビニール袋を持った主人が立っていました。袋の口をワシ掴みにして、まるでこれからゴミ出しに行くかのような姿に、私は思わず吹き出しそうになりましたが、中身はきっとプレゼントだ！と思い、袋のことにはふれないで、「仕事どうしたの？」とききました。すると、主人は弾むような声で言いました。

「今日は渓太郎のバースデー休暇！」

「ええっ！　子どもが誕生日だと、会社はお休みくれるんだあ！　すごいなあ！」

主人の言葉を真に受けた私は、とてもびっくりしました。隣にいた母も私の言葉に反応し、目を大きく開きながら言いました。

「すごい会社だねえ！　子どものお誕生日にお休みをくれるなんて……。子どもがたくさんいる人はお休みいっぱいあっていいねえ！」

「えっ……ええ？」

ほんの冗談で言ったつもりだった主人は、私だけでなく母にも真に受けられてしまったことに少し困った顔をして、「冗談だよ、冗談。有休だよ」と受け流すように言うと、母に抱かれている渓太郎のところに行って顔を近づけました。

「今日は渓太郎のお誕生日だから有休もらってきたんだよ。渓太郎、お誕生日おめでとう！」

そう言うと主人は持っていたビニール袋を足元に置いて、両方の手のひらを上に向けて、渓太郎の前に差し出しながら言いました。

「渓太郎、おいで」

すると渓太郎は、母の胸の中で体をねじって、両腕を主人の方に伸ばしました。

「よーし、よし」と言いながら抱き上げると、主人は腕の中の渓太郎に向かって嬉しそうに言いました。

「渓太郎、一歳だなあ。なんか急に大きくなった気がするなあ」

そんな主人の話し声を聞きながらも、私の視線と気持ちは、足元に放置されたままの白い大きな袋に集中していました。

（あの袋の大きさだと……きっとお願いしておいた車を買ってきてくれたんだな。ちゃんと渓太郎が乗れるのを選んでくれたかなあ。早く渓太郎に見せてあげればいいのに……）

そう思っても、いつまでたっても主人は渓太郎に話しかけたり「高い、高い」をしたりしています。そして、肩車をしようとして渓太郎を頭の上まで持ち上げたとき、しびれを切らした私が言いました。

「ねえ、プレゼントあげたら？」

「あ、そうだ！　忘れてた！　渓太郎！　お誕生日のプレゼント買ってきたんだあ」

そう言うと主人は渓太郎をベッドに座らせて、床に置かれた白い袋を渓太郎の前に置きました。渓太郎は目の前に登場した大きな袋を見て、これはなんだ？と言うように、真顔で袋をバンバンと叩きました。ガサガサと音がするのがおもしろかったのか、渓太郎はキャーキャー言いながら袋を叩き続けました。

そんな渓太郎の姿を見て、私はからかうように主人に言いました。

「中身よりビニールの方がいいみたいだよ」

すると主人は「なんだ……プレゼントはビニールの袋で良かったのかあ」とつぶやき、ベッドの脇に座って、渓太郎と一緒に袋を叩きながら言いました。

「渓太郎！　この中にいいものが入っているぞー」

渓太郎の顔に自分の顔を近づけて、今度はちょっと意地悪そうに言いました。

「見たい？」

渓太郎はキャッキャと言って笑いながら目の前の主人の顔を叩きます。「いてて」と言って、目をパチパチ閉じながら、主人はもう一度ききました。

「渓太郎。この中、見たい？」

そして、笑っている渓太郎の右手を持って、腕を高く上げながら渓太郎の代わりに言いました。

「はーい！」

主人は「そっか、そっか。渓太郎、見たいかあ。じゃあ見せてあげるね」と一人芝居をして、ようやく袋の中身を取り出しました。

「ほーら、渓太郎のブーブーだよ！」

白い袋の中からは、真っ赤な本体に黄色のシート、前面にはニコニコと笑ったミッキーマウスの人形がついた子ども用の車が出てきました。大きくてカラフルな車の登場に、渓太郎は興奮してギャーギャー言いながら、今度は車をバンバン叩きはじめました。ずっと渓太郎にあげたかった車が目の前に現れて、私も興奮しながら言いました。

「うっわ！　渓ちゃんのブーブーだあ！　すごい！　すごい！　ねえ、乗せてみようよ！」

「そうだな！」と主人は車を床の上におろし、渓太郎に言いました。

「渓太郎、乗ってみるか！」

渓太郎を抱き上げると、黄色のシートの上に渓太郎をまたがせました。すると、渓太郎は自分からちゃんとハンドルを持って、右、左、右、左と交互にハンドルを動かしました。背筋をぴんと伸ばして両足をしっかり床に着けると、ニコニコしながら自慢げに、周りにいる主人と母と私の顔を順番に見ました。たくましい姿で車に乗っている渓太郎は、自分の成長ぶりをみんなに披露しているかのようでした。

小さくパチパチと拍手をしながら、「渓ちゃん、すごい！　すごい！」と言っている母の隣で、私は久しぶりに子どもの成長を楽しみにしているお母さんに戻ることができました。

（渓太郎……いつのまにかこんなに大きくなっていたんだね……）

そのあまりに凛々しく立っている姿から、今にも渓太郎の大きな声が聞こえてきそうでした。

「ぼく、こんなに大きくなったんだよ！　ぼく、大丈夫だからね！」

最後の外泊

渓太郎の誕生日から二か月たった十月の半ば、外泊の許可が下りました。それは延命の治療を続けるようになってから二回目の外泊でした。外泊の前日、手に許可書を持ちながら病室にやってきた桜井先生は、私にいきなりきいてきました。

「明日とあさっては、ご主人はお休みですか？」

「明日とあさっては……えっと、今日が……ん、ん？」

外に出ることも、テレビを観ることもほとんどなく、毎日病室の中で渓太郎と遊んで過ごしていた私は、今日が何日なのかをなかなか思い出すことができませんでした。焦った私は、昨日は何日だっけ？と思い出そうとしても、思い出すことといえば、渓太郎と一緒にミニカーで遊んだことや絵本を読んだこと……一緒にお昼寝をしたり、渓太郎のお腹をコチョコチョくすぐって大笑いをしたりしたことばかりで、日にちや曜日を思い出すきっかけがまったくつかめません。

（そっかあ、今の私には、日にちも曜日もまったく必要ないんだなあ）

狭い病室の中でなににもとらわれることなく、大好きな渓太郎と一日、一時間、一秒を過ごしているんだなあと思うと、私は心の中がほわんと温かくなって、曜日のわからない自分を自慢するかのように言いました。

「もし今日が金曜日で明日が土曜日なら、明日とあさってはお休みです！」

すると先生はハハッと笑いながら、あらかじめ外泊日を記入してあった許可書を私に差し出しながら言いました。

「それなら良かった！　今日は金曜日で明日は土曜日ですよ。だから明日はご主人、お休みですね。もしお休みじゃなかったら外泊日をずらそうかと思ったのですが、お休みなら明日から二日間、おうちで過ごしてきてください。本当ならもっと長くおうちにいさせてあげたいんだけど、渓太郎くんの体力を考えたら一泊が限度だと思います」

ああ、そういうことだったのかと思いながら私が、「はい。ありがとうございます」と答えると、桜井先生は優しい表情をしたまま、口調だけを固くさせてはっきりと言いました。

「きっと……今回が最後の外泊になると思います。ご家族でたくさんの思い出を作ってきてください」

「……」

私は「思い出」という言葉を聞いた瞬間、胸の奥がズキッとして言葉が出ませんでした。それは、以前のように鋭く胸に突き刺さるような痛みではなく、鼓動が一回強く打ったくらいのかすかな痛みでした。そしてその痛みを感じた後、私の頭の中には渓太郎の笑顔の写真がいくつも並べられたアルバムが浮かびあがり、私は心の中に映し出された渓太郎の写真を静かに見ました。

ニコニコしながら手に持っているミニカーを私に差し出しているところや、パパに「高い、高い」をしてもらって、口を大きく開けて笑っているところ……。抱っこされながら、私の胸にほっぺをピタッとくっつけて甘えているところや、パパに肩車してもらっているところ……。どの写真を見ても、今にも「キャーキャー」という渓太郎の笑い声が聞こえてきそうでした。

（……渓ちゃん……）

頭の中の写真に向かってつぶやいた瞬間、アルバムの中の渓太郎だけがはっきりと映し出されて、目の前にいる渓太郎がスーッと遠くに離れていってしまう感じがしました。

（……本当に渓太郎が思い出になっちゃうかもしれない……。……もう写真でしか渓太郎に会えなくなっちゃうかもしれない……）

あまりのさみしさで私の胸の中は涙でいっぱいになりました。涙で占領された胸の中はほかのことを考えるスペースは少しもなく、私はただただ心の中で渓太郎の名前をつぶやきました。

（渓ちゃん……渓ちゃん……。……渓ちゃん……）

しばらくすると、遠くの方から渓太郎に話しかけている、先生の優しい声が聞こえてきました。

「渓太郎くん、おうちで楽しんできてね」

先生に話しかけられて、目をへの字型にしてニコニコ笑っている渓太郎を見て、私はハッとしました。

（渓太郎は今、生きているんだ……。渓太郎は今、幸せなんだ……）

心の真ん中に置かれた「覚悟」の塊は、私が未来を見てさみしくなるたびに、いつでも私を「今」に引き戻してくれました。そしてその塊は、心の奥の方からそっと私につぶやいてくれました。

「渓ちゃんは今、ちゃんと生きているよ。渓太郎を抱っこすることも、渓太郎の幸せそうな顔を見ることもできるよ。渓太郎と一緒にいることができて本当に幸せだね」

その日の夜、病室に主人がやってくると、私は主人が心を乱さないように、できるだけ優しい声で静かに言いました。

「あのね、明日から二日間、外泊許可がおりたよ。きっとね、今回が最後の外泊になるだろうって……。……だからさあ……あのさあ……」

私は先生に言われたとおり、「たくさん思い出を作ろう……」と言おうと思いましたが、のど元で詰まって、どうやっても私の口から「思い出」という言葉は出てきませんでした。

（渓太郎は生きているのに……今、目の前で生きているのに……）

私は次の言葉が見つからず、話を途切れたままにしていると、主人は小さな声でつぶやきました。

「そっか……」

そして、ベッドの脇に静かにしゃがんで、お座りをしている渓太郎の両肩を強くつかみながら説得するように言いました。

「渓太郎！　明日からおうちに帰れるぞ！　いっぱい遊ぼうな！　楽しいぞー！　一日中一緒に遊ぼうな！　あとは渓太郎が好きなもの、なんでも食べていいぞー。おいしいもの、いっぱい食べような！」

それははじめて見る、パパと息子の男同士の会話でした。笑うこともなく、じーっと主人の顔を見つめる渓太郎は、私の前では一度も見せたことがない凛々しい表情をしていました。

そんな二人の姿を見て思いました。

（……「思い出」という言葉を使わなくてよかった……）

途中、何度も何度も声を詰まらせながら、必死に明るく強そうな声を作っている主人の姿は、残された時間のなかに少しでも多くの幸せを詰め込もうとしているように見えました。それは決して「思い出作り」ではなくて、「渓太郎との一日、一秒を幸せに過ごしたい」という、切ないくらいに渓太郎のことをかわいく思う主人の気持ちの表れでした。

そして渓太郎は、主人の言葉のひとつひとつに「うん！」「うん！」と力強く心の中で返事をしているように思えました。私は、渓太郎が生まれた日、小さな渓太郎に向かって主人がそっとつぶやいた言葉を思い出しました。

「渓太郎、大きくなったら男同士で一緒にサッカーやろうな！」

次の日の朝、私はいつもより早起きをして外泊のための準備をしました。病室の中は温かくても、外はもうずいぶんと寒そうだったので、私は渓太郎に下着を二枚重ね着させて、母が作ってくれたオーバーオールとブラウスを着せました。そして、病室では履くことがない靴下を履かせた途端に、いかにも「これからお出かけです！」という格好になりました。

「わあ！　渓ちゃんかわいい！」

私はワクワクしてきて、ほとんどかぶせたことのない帽子も渓太郎の頭の上にのせてみました。すると、ますますかわいくなり、私の気持ちはさらにエスカレートして、買ったままになっていた小さなリュックサックを背負わせました。

「わあ！　渓ちゃん、遠足に行くみたい！」

渓太郎はまるでちっちゃな園児のようでした。そんな渓太郎を見ていたら、私は主人が迎えに来るのを待ちきれなくて、そのまま病棟の廊下にお散歩に行きました。

「お出かけ、お出かけ、楽しいね。お出かけ、お出かけ、楽しいね」

私は小さな声で唄いながら、リズムに合わせて膝を曲げたり伸ばしたりして歩きました。すると腕の中の渓太郎もスキップをしているかのように、リズミカルに体が上がったり下がったりします。

「渓ちゃん、楽しいねえ。お出かけ、お出かけ、楽しいね。お出かけ、お出かけ、楽しいね」

渓太郎と顔を見合わせて二人でウキウキしながら歩いていると、突然後ろから声がしました。

「け・い・ちゃん!」

「うわあっ!」

あわてて振り返ると、そこにはいたずらっぽい顔をした佐藤先生が立っていました。

「なあんだ、先生かあ。びっくりしたあ」と言いながら、心の中では、もしかして……歌、聞かれてた?と思うとちょっと恥ずかしくなって、弁解するように言いました。

「なかなかお迎えが来ないからお散歩にきちゃったよー」

「今日から外泊だねえ」と言うと先生は、渓太郎の洋服を軽くつまんで、ツンツンと引っ張りながら続けました。

「おばあちゃんに作ってもらった洋服、かっこいいねえ!」

先生に話しかけられた渓太郎は腕の中でキャーキャー言って暴れ出し、私は渓太郎の激しい動きによろよろしながら言いました。

「うわあ! 渓ちゃん、渓ちゃん、落っこちちゃう!」

すると先生は「おいで」と言って、ニコニコしながら渓太郎を抱き上げると、「ねえ、ねえ、渓ちゃん。この帽子ちょうだい!」と言って渓太郎の頭から帽子をとって、その小さな帽子を自分の頭の上にちょこんとのせました。渓太郎はとっても楽しそうにケラケラ笑いながら、先生の腕の中で思いっきり背筋を伸ばして、先生の頭の上の帽子を取ろうとします。先生も取られまいとして、必死に首を伸ばしたり、渓太郎の手をよけるように首を右に曲げたり左に曲げたりします。そのたびに渓太郎はケラケラ、ケラケラと笑って帽子に手を伸ばしました。

そんなことをしていると、玄関の方から主人が歩いてくるのが見えました。私たちが楽しそうに遊んでいる姿を嬉しそうに見ながら、こちらに向かってきます。すると先生は、人差し指で主人の方を指しながら、「渓ちゃん、パパだよ」と教え、渓太郎の右手を取って左右に大きく振りながら渓太郎の代わりに言いました。

「お〜い！」

その声に応えるように主人も手を振りながら走りだし、私たちのところまで来ると、先生に抱っこされている渓太郎のほっぺをツンツンとつつきながら言いました。

「渓太郎、先生に遊んでもらっていたのかあ。良かったなあ。おめかしして、行く準備ばっちりだなあ」

先生は、腹話術をするかのように渓太郎の体を小さく揺さぶりながら答えました。

「そうだよ、ぼく早く行きたくて、ずっと待ってたんだよー」

「そっか。ごめん、ごめん。じゃあ行こうか」と言って、主人が先生の腕の中から渓太郎を抜きとろうとすると、渓太郎は主人の方ではなく、先生の頭の方に両腕を伸ばしました。

それを見た先生はあわてたように言いました。

「あっ！　帽子、帽子！　忘れてた！」

頭の上に帽子がのっていることをすっかり忘れていた先生は、照れたように笑いながら自分の頭の上の帽子を渓太郎にかぶせると、渓太郎の耳元に口を近づけて内緒話をするように言いました。

「渓ちゃん、おうちでいっぱい楽しんできてね。先生、病院で待ってるね」

今度は私たちの方を向いて、少しあらたまったように言いました。

「明日帰ってくるのはゆっくりでいいですから、楽しい時間を過ごしてきてくださいね」

「はい！　行ってきます」

元気にあいさつしながらも、三人の間には、お互いを思いやる少し切なさを含んだ優しい空気が静かに漂っていました。それは三人が同じように心の底に隠している「最後の外泊」という言葉から、わずかに流れ出ている空気でした。そして、その静かで優しい空気のなかで私たちは、「残りの時間を幸せに過ごそうね」という無言の会話をしている感じがしました。

三人で撮った写真

病院を出発すると、いつも利用しているインターから高速に乗り、長野方面に向かって左に車を走らせました。大きな曲線を描きながら左カーブを曲がるのと同時に、助手席の後ろに座っている私の体もゆっくりと左に傾き、しばらくすると頭が窓ガラスにコツンとぶつかりました。

「痛っ」

左手で頭をなでながら窓ガラスを見ると、外には秋の安曇野の景色が広がっていました。

「うわあっ！　一面が薄茶色だ……」

私は窓のふちに指の先を乗せて、のぞき込むように外を眺めました。稲刈りが終わった田んぼには、土と同じ色をした稲の切り株がきれいに並んでいて、一枚の田んぼは、まるでストライプ柄のハンカチのようでした。そして、茶色に広がる大地は、そのハンカチを隙間なくきれいに敷き詰めたかのようです。

（秋になったんだなあ。何度ここからの景色を見ただろう……。先月の外泊では青々とした田んぼが広がる夏の風景を見たし、春には田おこしがされた田んぼも見たし……。あれ……冬景色は……。初めて病院に来た日は大雪だったはずだけど……）

私の頭の中には、その日の景色だけはまったく残っていないことに気がつきました。

（確かあの日は、パパが運転をして、私は助手席で渓太郎を抱っこしてたはず……）

私は初めて病院に来た日のことを一生懸命に思い出そうとしました。でもいくら思い出そうとしても頭の中に浮かぶのは、抱っこしている渓太郎の顔をじーっと見つめていたことだけでした。

（あれ？……確かにここを通ったはずだけど……。そうだ……あのときは、怖くて外を見ることができなかったんだ……。渓太郎の顔を見ながら「これからどうなっちゃうんだろって、そればっかり考えていて、高速道路が、私を未知の世界へ引っ張り込む道のように見えていたんだ……）」

ボーッとしながらそんなことを考えていると、運転席の方から主人の声がしました。

「ねえ、ねえ。あのさあ……」

「ん？　なに？」

私は空想の世界に浸ったまま、うわの空で返事をしました。

「高速を降りたら大池キャンプ場に行こうよ。コンビニでお昼を買って、そこで食べよう」

大池キャンプ場は、自宅から車で三十分くらいのところにあり、大きな池の手前には、あまり人の手が入っていない自然のままの芝生が広々と広がっていて、そこに行くと、いつのまにか心が解放されて大きな深呼吸をしてしまうような場所です。

「いいね、いいね。そうしよう！」と、私は主人の言葉をよく理解しないままとりあえず返事をして、また十か月前の世界に戻りました。

（あのときは受け止めきれない現実にひたすら耐えていたなあ……。あれからもう十か月もたったんだなあ。今では病院はすっかり自宅のようになっちゃったけど……）

そんなことを考えていると、いつのまにか車はコンビニの駐車場に止まっていました。

「あれ！　もうこんなところに着いたんだね。コンビニで何か買うの？」

「ええっ？　さっきお昼はコンビニで買おうって言ったじゃん。もしかしたら寝てた？」

「ああ……。そういえばそうだったね。じゃあさ、私がみんなの分を適当に買ってくるよ。渓ちゃん、あんまり人ごみに出したくないから、パパは渓ちゃんと一緒に車で待ってて」

私はちゃんと聞いていなかったことをとりつくろうかのようにそう言うと、小走りでコンビニの中に入りました。そして、渓太郎でも食べられそうなトロトロとしたグラタンと野菜ジュース、ペットボトルのお茶と缶コーヒー、あとはサンドイッチとおにぎりをいくつかまとめて買って車に戻りました。「お待たせ！」と、大きな買い物袋を持ちながら明るい声で言うと、主人も楽しそうな声で言いました。

「じゃあ、行くよー！」

そして、助手席に設置してあるチャイルドシートの中の渓太郎の右手を取ると、「渓太郎！　出発進行！」と言いながらピンと高く上げました。

県道をしばらく進むと、左側にある狭いわき道に入りました。そこからは山に向かって続く、くねくねと曲がった一本道になりました。カーブを曲がるたびに右に、左に体を揺られながら上へ上へと進むと、山の中腹くらいに来たところで大きな右カーブが現れました。私はそれを見た瞬間、体が揺られないように窓の上にある取っ手を掴んで、お腹のあたりにグッと力を入れました。

すると、なぜか急に車がゆっくりになって、曲がる手前でピタッと止まりました。

（ん？）

意表を突かれた私が運転席の方を見ると、主人は左のウインカーを出しながら、右側を指差して言いました。

「ねえ……あの石像の前で写真撮ろう。三人で写真撮ろうよ。三人で並んで撮ろう」

助手席の後ろのシートに乗っていた私が、腰を曲げて上半身を伸ばしながら反対側の窓から右の方を見ると、大きく曲がっているカーブの内側に、何かをかたどった大きな石像が立っていました。

(なんでこんな山の中に石像が立っているんだろう……)

水晶の結晶のように上に向かってスッと伸びたその像は、私の背の高さの倍もあるくらいに大きくて、凛とした姿で立ちながらも先端のとがった部分は、青い空に向かってどんどんと伸びていくかのようでした。

(堂々としている……)

そのあまりにも勇敢な姿に圧倒されていると、私は自分でも気がつかないうちにその像と渓太郎の姿を重ね合わせていました。

(今を……ただまっすぐに生きているんだ……)

私が石像に見入っていると、運転席から主人の声が聞こえてきました。

「じゃあ、降りようか。写真……三人で並んで撮ろう」

主人が何度も何度も「三人で……」と言っているのを聞きながら、思いました。

（思い出……作ろうとしているんだね……）

その瞬間、心の底に押し込めていた「最後の外泊」という言葉が胸の真ん中まで上ってきて、私はいつのまにか、心の中に秘めていた言葉をつぶやいていました。

「最後の写真になるなんて思わないけど、でも撮っておこう。……一応撮っておこう」

すると主人は、あわてて明るい声で言いました。

「うん。一応な！　そんなことないけど、一応な！　じゃあ、車のボンネットの上にカメラを置くから車動かすよ」

主人は石像の正面に車を止めて、私に言いました。

「じゃあさ、渓太郎を抱っこして像の前に立ってみて。カメラの位置を確認するから……」

私は車を降りると渓太郎を抱っこして、ぼうぼうと生えた膝丈くらいの草を左右に倒しながらどうにか石像の前まで進み、コンクリートでできた土台の上に立って言いました。

「この辺でいい？」

すると主人は、「ちょっと待ってて……」と言いながらボンネットの上に置いたカメラのファインダーをのぞいたり、直接私たちの方を見たりして、カメラを少しずつ動かして位置を調整しました。そして、ちょうどいい位置が決まると、主人は片手をメガフォンのように口元にあてて大きな声で言いました。

「じゃあ撮るよ！」

カメラが動かないように、主人がそーっとセルフタイマーを押すと、レンズの斜め上にある赤いランプが点滅をはじめました。チカチカと点滅する赤いランプが私の気持ちを焦らせて、私は手招きをしながら早口で言いました。

「早く！　早く！　ランプがチカチカしてる！」

私の声に焦った主人は、すごい勢いでこちらに向かって走ってきました。ぼうぼうと生えた草むらを、動きにくそうに膝を高くあげて走ります。

その姿がおもしろかったのか、渓太郎は主人を見ながらケラケラと大笑いをはじめました。私もおかしくて今にも吹き出してしまいそうでしたが、もうすぐシャッターが下りると思うと必死で笑いをこらえました。でも、渓太郎が「キャー」と言って大笑いをした瞬間にプッと噴出してしまい、一度笑い出したらもうどうやっても止まらなくなって、私はカメラの前でお腹を抱えながらゲラゲラと大笑いをしてしまいました。

「ちょっと笑わせないでよ～！」

お腹を抱えながら私が言うと、主人は膝を高く上げて走りながら言いました。

「笑わせているわけじゃないよ！」

そうは言ったものの、自分でもおかしくなったのか主人も走りながらゲラゲラと笑い出しました。どうにかシャッターが下りる前に到着したものの、三人とも笑いが止まらず、大きな口を開けてゲラゲラ笑っている最中にシャッターが下りました。

カシャッ

「ええ！　大笑いしてるうちに撮れちゃったよー！」と私が言うと、主人はハアハアと荒い呼吸をしながら嬉しそうに言いました。

「いいんだよ！　いい写真が撮れたよ」

それから、私たちはその石像の近くにビニールシートを敷いて、コンビニで買ったお昼ご飯を食べました。秋晴れの空の下で渓太郎は、脚をO脚に開いてお座りをしてニコニコ、ニコニコとずっと笑っていました。私の買ったグラタンはほとんど食べませんでしたが、右側にいるパパと、左側にいる私の顔を交互に見ながら、渓太郎は幸せそうにただただずっと笑っていました。そんな渓太郎を見ながら、私は心の中で何度も何度も言いました。

（渓ちゃん、ありがとう。お母さんとっても幸せだよ。渓ちゃんのお母さんでいられて、本当に幸せだよ）

このとき撮った写真を、私は渓太郎が天国へと旅立つときに胸に抱えさせました。小さな渓太郎の胸の中で私たち三人は、大きな口を開けて幸せそうにいつまでも大笑いしていました。

第七章　ぼくは幸せだよ

渓太郎の命の流れ

最後の外泊から病院に戻った渓太郎は、これまでたどってきた成長を折り返すかのように、できていたことが少しずつできなくなっていきました。

一か月が過ぎたころには、今までO脚に足を開いてできていたお座りもできなくなり、座って遊ぶときには私の支えが必要になりました。渓太郎の後ろにぴったりとくっついて座椅子のようになりながら私は、ときどき、後ろから渓太郎をそっと抱きしめると、頭を横に傾けて渓太郎の頭の上にほっぺをのせました。

私の体の前面には、私よりも少し高い渓太郎の体温が伝わってきて、私の顔の周りは柔らかな渓太郎のにおいで包まれました。あまりの愛おしさに私はギュッと抱きしめて、ほっぺで渓太郎の頭をなでながらつぶやきました。

「渓ちゃん」

すると、渓太郎はちょっと窮屈そうに頭を斜めにしながら、小さな指でミニカーのタイヤをクルクルと回しました。

それから数日が過ぎたころには、座る体力もなくなり、ほとんどの時間を寝て過ごすようになりました。私は渓太郎の右側に添い寝をしている時間が長くなったのですが、どうしても気になることがありました。それは、渓太郎の体と私の体の間にできるわずかな隙間です。それまでは抱っこをしていても、後ろから座椅子のように支えていても、私の体の前面はいつでも渓太郎の体にぴったりとくっついていて、そこから伝わってくる渓太郎の温もりに、私はいつでもほわんとした幸せを感じていました。それなのに添い寝をしていると、私と渓太郎との間には、私の左腕が入ります。渓太郎にぴったりとくっついていたいのに、間に左腕が入ることがどうしても気に入らなくて、その腕をどうにかしようとして、いろいろな体勢をとってみました。

まずは、左腕を思いっきり自分の背中の方に回してみました。すると渓太郎とぴったりくっつくことはできたものの、左腕に私の全体重がかかって、しばらくすると腕がビリビリと激しくしびれてきました。

（うわっ。これはダメだ）

次に、左腕だけバンザイをしてみました。すると、渓太郎にぴったりとくっつけた上に、ひじをくの字に曲げると、腕がちょうどいい枕代わりになって、あ、いいかも！と思ったのも束の間、ピンと伸びた腕の筋がしだいに痛くなってきました。

（うわ……。これもダメだあ……）

なんかいい方法ないかなあと思いながら、上にあげていた腕を渓太郎の頭の方に下ろすとスッと体が楽になり、左腕で渓太郎の頭を包むような形になりました。

（ああ、これがいい！）

このスタイルはぴったりとくっつきながら、腕で渓太郎の頭も包み込めました。そしてさらに、絵本を見せるのにもとっても便利でした。渓太郎の左側に回った左手と右手で絵本をつかむと、ちょうど渓太郎の目の前に絵本が開きました。

（これ、いい！）

私はこのスタイルで、渓太郎に絵本を読んだり、ミニカーを見せたり、眠るときには渓太郎の頭にほっぺをくっつけながら子守唄を唄いました。

「渓ちゃん、渓ちゃん、大好きよ。
渓ちゃん、渓ちゃん、かわいいね。
渓ちゃん、渓ちゃん、大好きよ。
渓ちゃん、渓ちゃん、かわいいね」

私に包み込まれている渓太郎はいつでも安心して、穏やかな顔をしていました。

そんな渓太郎の顔を見ていると、柔らかな木綿のような幸せが私の心の中にどんどんと降り積もっていって、その幸せが心の底に固まっている切なさを覆い尽くしてくれることもありました。私はそんなふわふわとした幸せをくれる渓太郎の頭をなでながら、何度も何度も言いました。

「渓ちゃん、ありがとうねえ。渓ちゃん、ありがとう」

そんな穏やかな毎日を繰り返していると、入院してから二回目の冬がやってきました。

十二月の半ばを過ぎたころには、渓太郎の口からは、ほんのわずかな声も聞くことができなくなり、目をへの字型にして笑う力もなくなりました。私はそんな渓太郎の姿を見ながら静かに思いました。

（これが渓太郎の命の流れなんだ……。渓太郎が、今生きているってことなんだ……）

そんな私の思いに同調するかのように、渓太郎の命は静かな方向へと流れ続けました。

そのころから、私の心の中には、渓太郎の命を見守るもうひとりの私が凛とした姿で立つようになりました。それは私を支える、実際の私より強い私でした。

もう一人の私はいつでも心の中から私に声をかけてくれました。

「大丈夫！　なにがあっても大丈夫！　あなたはこんな立派な渓太郎のお母さんなのだから……」

そんなもう一人の私の言葉は、心の中にあった「覚悟」の塊を少しずつ溶かしました。

覚悟はもういらないよと言っているかのように、どんどん、どんどん溶かしていって、「覚悟」が全部溶けたときに、はっきりとわかりました。

（渓太郎の命に寄り添って歩けばいい。渓太郎の命の流れを大切にしていけばいい。私は渓太郎のお母さんなのだから……。渓太郎のことをいちばんわかっているお母さんなのだから……）

そう思った瞬間、もう一人の私が私の背中を押すように優しくつぶやきました。

（そう。渓太郎が、「ぼくは幸せだよ」って言っているのがわかるでしょ）

私は、もう「覚悟」が必要のない自分になっていました。

「笑顔」のクリスマスプレゼント

数日後、「覚悟」が必要なくなったのと時を合わせるかのように、渓太郎の旅立つ日がやって来ました。その日は朝早くから母がお見舞いに来ました。そっと病室に入ってきた母に、私は添い寝をしたまま言いました。

「渓ちゃん、昨日からほとんど寝たままだよ」

「そっか……」

つぶやくように言うと母は、ベッドのわきに立って、ただただ渓太郎の頭をそっとなで続けました。しばらくして渓太郎が目を覚ましました。

「あ、渓ちゃん。おはよう」

私が静かに声をかけて渓太郎を抱き上げると、渓太郎は力なく私の胸に寄りかかり、またウトウトと眠り始めました。

「渓ちゃん」

私は背中を優しくトントンと叩きながら、渓太郎を抱き続けました。渓太郎が眠っていても、私は抱っこしているときがいちばん幸せでした。

それから何時間かが過ぎ、「ゴホゴホ」という咳で渓太郎は目を覚ましました。「渓ちゃん、大丈夫？」と言って渓太郎の顔をのぞき込んだ瞬間、私は大きな声で叫んでいました。

「渓太郎が目をこわばらせてる！　お母さん！　渓太郎のようすがおかしい！」

「え……どうしよう……どうしよう……」

両手を口に当てたまま動揺している母をそのままにして、私はあわててナースコールを押しました。

「どうしました？」

すぐにやってきた看護師さんの声を遮断するかのように、私は大きな声で言いました。

「先生呼んでください！　すぐ佐藤先生を呼んでください！　渓太郎のようすがおかしいんです！」

看護師さんは一瞬目を大きく見開くと、何も言わずに病室から駆け出して行きました。

一分もたたないうちに、佐藤先生と看護師さんが駆け込んできました。

「お母さん、どうしました！」

「渓太郎が、目をこわばらせてる！　絶対にいつもとちがう！」

先生はあわてて渓太郎のほっぺを両手でつかむと、目を大きく見開いて渓太郎の目を凝視した途端、叫ぶように渓太郎の名前を呼びました。

「渓ちゃん！　渓ちゃん！」

先生は渓太郎のほっぺをつかんだまま、顔だけ後ろにいる看護師さんの方に向けて叫びました。

「すぐに病院に来るようにお父さんに連絡して！　すぐに！　すぐに！　早く！」

看護師さんが病室を飛び出したのと同時に、私はあわてて渓太郎をベッドに寝かせました。佐藤先生は鋭いまなざしをして、口をギュッと閉じたまま渓太郎の体に聴診器を当てたり、点滴の管から薬を入れたりしています。佐藤先生の表情から醸し出される緊迫した空気が私の口をふさぎ、病室の中はガラスのような固さと緊張感で静まり返りました。

まもなくして桜井先生が駆け込んできました。

「渓太郎くん」

先生は小さな声でつぶやくと、あとはなにも言わずに佐藤先生のやっている治療に加わりました。なにも手出しをすることができない私は、俊敏な動きをしている先生たちをベッドの反対側からじーっと見つめ、胸の前でにぎった右手のこぶしを左手でギュッと包みながら、渓太郎の名前を小さな声で呼び続けました。

「渓ちゃん！　渓ちゃん！」

立ち尽くす私を呼ぶかのように、ベッドの足の方に置かれたモニターから警告音が鳴りはじめました。

「ピ、ピ、ピッ、ピ、ピ、ピ、ピッ」

（なに！）

私が勢いよくモニターの方を向いたのと同時に、向かい側にいる佐藤先生もにらむようにモニターを見ていました。モニターには標準値を大幅に下回った渓太郎の血圧や体内の酸素量の数値が映し出されていました。私は映し出された数値をじっと見つめながら、心の中ですがるように言いました。

（おねがい……上がって……。おねがい……）

心の中で必死に叫ぶ私の目の前で、モニターの数値はどんどんと数を減らしていきました。

（おねがい……止まって……）

私がどんなにすがっても、二人の先生がどんなに一生懸命に治療をしても、その数値は止まることなく下がり続けました。流れるように下がっていく数値に引っ張られるように、二人の先生の表情も、少しずつ鋭さから切なさに変わっていきました。

しばらくして桜井先生は、必死に動かしていた手を止めて静かに佐藤先生に言いました。

「もうこれで……」

その瞬間、佐藤先生の表情からはすべての鋭さが抜け、両腕を体の横にまっすぐに伸ばすと、私の心をかばうように静かに言いました。

「お母さん、抱っこしますか？」

（渓太郎は私の腕の中で旅立つんだ……）

「……はい」

ガラスのように固く張りつめた緊張感から、一気に悲しみを含んだ柔らかな静けさに変わっていく病室で、私は静かにベッドの上にあがり、目を閉じたまま小さく口を開けて細い息をしている渓太郎を抱っこして、渓太郎に優しく言いました。

「渓ちゃん……」

すると、ベッドのわきにいた母が病室の入り口の方を見ながら叫びだしました。

「パパは？　ねえ、パパは？　早く来てよ！　早く！　早く！」

そして、今度は渓太郎に向かって泣きながら叫びました。

「渓ちゃん！　ねんねしちゃダメ！　ねんねしないで！　渓ちゃん、起きて！　ねんねしないで！」

母の叫び声が響き渡るなか、私は母の激しい叫び声から渓太郎を守るように、耳元で優しくささやき続けました。

「渓ちゃん。ありがとうねえ。渓ちゃん、ありがとう。渓ちゃん、ありがとうねえ」

すると、突然主人の叫び声が病室に響き渡りました。

「渓太郎！」

ベッドのわきまで駆け込んできた主人は、渓太郎の肩をつかんで泣きながら叫びました。

「渓太郎！　お父さんだぞ！　渓太郎！　渓太郎！」

その声を聞いた瞬間、それまで緩やかに下がっていたモニターの数値が一気に下がりだし、渓太郎は安心したかのように息を引き取りました。

いっせいに静まりかえった病室の中で渓太郎を抱っこした私は、目に涙をためたまま口元を微笑ませて、自分でも気がつかないうちにベッドのわきに立っている二人の先生に言っていました。

「先生。ありがとうございました」

（……私……なにか言った……）

私は、「ありがとう」と言った瞬間、自分の胸の中に渓太郎がいることがわかりました。

私が涙をためながら微笑んだのは、胸の中にいる渓太郎が笑っていたからでした。そして私は、「ありがとう」と言った後に、なぜか渓太郎との約束を果たしたような気持ちになっていました。

（渓ちゃん。お母さん、ちゃんと、「ありがとう」って言ったからね）

胸の中の渓太郎に、そうつぶやいている自分の声を聞いてわかりました。

（いつのまにか渓太郎の心と私の心が約束をしていたんだ……。渓ちゃんが天国に行ったときには、渓ちゃんに代わって「ありがとう」って言うねって……）

私の言葉に桜井先生は静かに頭を下げ、渓太郎の頭をそっとなでながら言いました。

「渓太郎くんは、本当にがんばってくれました」

そして、もう一度ゆっくりと頭を下げて病室を出ていきました。

桜井先生がいなくなると、両腕を下げたまま肩を小さく縮こませて、ずっと下を向いていた佐藤先生が渓太郎に近づいて、何も言わずにそっと頭をなでました。わずかに首を傾けて、まばたきもしないで渓太郎を見つめながら、頭をなで続ける先生の姿を見て思いました。

（きっと、渓太郎と二人になりたいんだ……）

私は、抱いていた渓太郎をそっとベッドに寝かせて、先生がいるのと反対側にある窓から外を眺めました。外は冬の夕焼けの空が広がっていました。山のすぐ上は濃いオレンジ色をしていて、空に向かうにつれてオレンジはうすいピンク色に変わっていきました。

（これが、渓太郎が亡くなった日の夕焼けか……）

主人も私の隣に来て泣きながら言いました。

「きれいな夕焼けだな、渓太郎……」

そんな主人の声と重なるように、だれかがすすり泣く声が聞こえたような気がして、私は首だけを回して渓太郎の方を見ました。

……泣いていたのは佐藤先生でした。

佐藤先生は床に膝をつき、上半身を渓太郎の体の上に重ねて包み込むようにして、渓太郎の顔にほおずりをしながらひとり泣いていました。その泣き声に混ざって、先生が繰り返し渓太郎の名前を呼ぶ声が聞こえてきました。

「渓ちゃん……。渓ちゃん……」

(……先生……。先生でも泣くんだ……)

私は少しびっくりしました。

私が見ていることに気がついた先生は、涙を拭きながらゆっくりと立ち上がり、両手を前に組んで下を向いたまま言いました。

「渓ちゃんとお別れをさせてもらって……ありがとうございました。渓ちゃん……がんばったのに……助けてあげられなくて……すみません……」

声を詰まらせる先生に、私はまた口元を少しだけ微笑ませて言いました。

「そんなことないです。渓太郎は先生が大好きだし、渓太郎はすごく幸せです。渓太郎も『ありがとう』って言っています」

確かに胸の中の渓太郎が、そう言っていました。

それを聞いていた母も、少しだけ明るい声になって言いました。

「そうだよね。先生にも本当によくしてもらって、渓ちゃんは本当に幸せな子だよね。先生、ありがとうございました」

窓際に立っていた主人はいつまでも涙が止まりませんでしたが、私や母が先生にお礼を言うたびに、先生を見つめながら、うん、うんと大きくうなずいて、先生に感謝の気持ちを伝えようとしていました。先生は、目の下に流れている涙を人差し指で拭きながら、ちょっと照れたように言いました。

「私……本当に渓ちゃんのことがかわいかったんです。渓ちゃんのこと……大好きだったんです」

先生とパパとおばあちゃん。

渓太郎が大好きだった人がほんの少し笑顔になったのを見て、私はベッドの中の渓太郎の頭をなでながら、耳元に顔を近づけて言いました。

「これでいいんだよね、渓ちゃん。渓ちゃん、ありがとね。渓ちゃん、ありがとう」

渓太郎がわずかにニコッと笑った気がしました。

一九九八年十二月二十五日。

渓太郎は大切な人へ「笑顔」のクリスマスプレゼントを残して、天国へと旅立ちました。

エピローグ

あれから十四年。

私は、ふと気がつくと渓太郎との日々を思い出しています。

抱っこをしたときに、渓太郎が私の胸にピタッと顔をくっつけて甘えてきたことや、目をへの字型にして笑っているところ……。足をO脚に開いてお座りをして、キャーキャーはしゃいでいる姿や、両手を精いっぱいに伸ばして抱っこをせがんでいるところ……。

（幸せだったなあ）

私はいつでも、ニコニコしながら渓太郎との日々を思い出します。


いちばん過酷で大変だったはずの一年間……。

でも、今振り返ると、私が当時生きてきた二十七年間の人生のなかで、「あれほど幸せな一年間はなかった」と言えるほど、その一年間は温かな幸せに包まれていました。渓太郎の鼓動を感じるだけで、涙が出るくらいに感謝をすることができたし、ただ渓太郎がいてくれるだけで、「あとはもうなにもいらない」と思えるくらい幸せな気持ちにもなれました。

朝日が覚めたとき、渓太郎が隣にいるだけで、フーッと嬉しいため息が出るくらいの温かい安心にも包まれました。

私はそれまでまったく気がつかなかった、自分の周りに散りばめられている小さな、小さな幸せを、渓太郎と一緒にいくつもいくつも見つけることができました。

私はきっと、幸せの、本当の見つけ方を渓太郎に教えてもらったのだと思います。

今、私はやっと、渓太郎との約束をほんの少しだけ果たせたような気がしています。この十四年間、ずっと考え続けてきました。

「渓太郎との闘病生活が私に教えてくれたことを、どうしたら多くの方に伝えていくことができるのだろう……」

渓太郎がまだ元気だったころ、私は病室のベッドの上で渓太郎に向かってつぶやくように問いかけました。

「渓ちゃん、生きるってなんだろうね……。幸せってなんだろうね……。渓ちゃんは幸せなの……」

渓太郎はちょっと首をかしげながら、目をへの字型にしてニコニコと笑いました。そんな渓太郎の笑顔を受け止めることなく、私は思いました。

（……生まれてすぐこんな病気になっちゃって……幸せなはずないよね……）

自分の身に舞い降りてきたできごとが、切なくてむなしくて、つぶやいた言葉でした。

でも、闘病生活を続けるなかで、それまで必死にしがみついていた当たり前の生活を、ひとつずつ手放さざるを得なくなったとき、本当に心の底が温まるような幸せが少しずつ、少しずつ見えてきました。

それまで「こんな状態でどこに幸せがあるんだろう……」と必死になって探していた幸せは、実はもうすでに私の両手の中にあふれるくらいにあって、「もうどこを探してもない……」と思って、仕方なく自分の両手の中をのぞいたときにやっと、渓太郎との一日一日、一分、一秒に心から幸せを感じることができたのです。

それから私は、中庭へお散歩に行くたびに、渓太郎と約束をしました。

「このことを忘れないようにしようね。そして、このことを二人だけの秘密にしておくんじゃなくて、たくさんの人にお話ししようね」

今、こうして執筆している私の姿を見ながら、渓太郎が目をへの字型にしてニコニコ、ニコニコとしながら言っている気がします。

「お母さん、ぼくはずっと幸せだよ」

おわりに

最後まで読んでくださり、本当にありがとうございました。

私は今、ほんの少しだけホッとしています。

短かった渓太郎との日々のなかで私たちが経験したことや、そこで見つけた大切なことを、こうして本という形でお伝えできたことで、やっと渓太郎との約束をひとつ果たせたような気持ちです。

自分の子どもや、自分にとって大切な人を亡くすことは、本当に耐えがたい悲しみや切なさが伴います。ですから、できることなら、それをほかの方には経験してほしくはありません。しかし、その悲しい経験から私はとても大切なことを教えてもらうことができました。それは私が今まで生きてきたなかで、もっとも私の心を温めてくれることでした。

ですからこの本を通して、ひとりでも多くの方がその大切なものを見つけてくださったらいいなあと思います。

お一人おひとりの両手の中にある、あふれるくらいの幸せを見つけてくださったら、私はまたひとつ、渓太郎との約束を果たせたのかなと思います。

私の想いにぴったりと寄り添って、出版まで一緒に歩いてくれたプロデューサーのおかのきんやさん。おかのさんは私だけでなく、見えない渓太郎のことも柔らかく包み込むかのように大切にしてくださいました。そんな深い愛情に支えられながら、私は最後まで温かい気持ちで原稿を書き進めることができました。

本当にありがとうございました。

そして、私の企画に興味を持ってくださり、「ぜひうちから……」と言ってくださった、ゆいぽおとの山本直子さん。執筆中、ひとつの章が完成するごとに原稿をお送りすると、最後に必ず決まった言葉を書いてくださいました。

「次の章も楽しみにしています」

この言葉が私をずっと支え続けてくれました。

本当にありがとうございました。

そして、私をずっと応援し続けてくれた友人、仲間のみなさん。

「みゆなら大丈夫！」

そんな言葉がいつでも私を支えてくれました。みなさんのなかのひとりでも欠けたら、この本は完成に至りませんでした。みなさんのおかげでやっと、渓太郎との約束をひとつ果たすことができました。

本当にありがとう。

そして……。

「アーアッ、私もお兄ちゃんに会ってみたかったなあ」

「ぼくって、お兄ちゃんに似てる？」

そんな言葉をかけてくれる木乃美と健太郎。

「お兄ちゃんがいたから、お母さんは本を書いているんでしょ」

「お兄ちゃん、すごいね！」

そんな言葉を聞くたびに私は、二人にとって渓太郎は、決してかわいそうなお兄ちゃんなのではなくて、精いっぱいに生きたお兄ちゃんなんだなと思い、心から嬉しい気持ちになるのです。

そして、渓太郎が生まれたときも、闘病中も……天国へ旅立ったあとも、いつでも渓太郎を見守る優しいお父さんでいてくれる主人。最後の外泊のときにそっとつぶやいた言葉が、母親としての私の心に温かい光をくれました。

「渓太郎のお母さんが美幸さんでよかった……」

その光が、いまでも渓太郎と私の心を強く結び付けてくれています。

そしてきっと……私ががんばり続けられたのは、私が幼かったころの、お父さんとの楽しい思い出があったからです。山でかぶと虫をとったり、川で魚をとったりしたときに見せてくれたお父さんの笑顔が、苦しいときでも私の心の底から明るい希望を見せ続けてくれました。

お父さん、本当にありがとう。

そしてなにより、過酷な状況のなかでも、私が母として最後まで渓太郎を支え続けられたのは、私の後ろからお母さんが支えてくれていたからです。渓太郎が延命治療に入ったときのお母さんの言葉が忘れられません。

「私は渓太郎のお母さんじゃないから、渓太郎のことは支えられないけど、美幸は私の子どもだから……。だから美幸のことは私が支えたい……」

お母さん、本当にありがとう。

読んでくださる方がいて、やっと本を書いた意味が出てきます。

この本を手にしてくださったみなさん、本当にありがとうございました。

みなさんの心が、温かな幸せで包まれますように……。

二〇一二年十二月二十五日

中村　美幸

中村美幸（なかむら　みゆき）

一九七一年、長野県佐久市生まれ。父親の転勤で塩尻市、松本市などで過ごす。現在は千曲市在住。

二十七歳のとき、生後四か月の長男（故渓太郎）が小児がんを患い、一年の闘病の末、一歳四か月で永遠の別れを経験。一年間の付き添い看護をするなかで、幸せは自分の両手の中にあることに気づく。それを伝えるためにコーチングスキルを学び、コーチングインストラクターとなる。

「一人ひとりの存在価値」をキーワードにして、「いのちのセミナー」を中心に、子育てコーチングセミナー講師として、講演、学校・企業内研修など幅広く活動中。

中学生二人の子どもをもつ母でもある。

企画　NPO法人企画のたまご屋さん
プロデュース　おかのきんや

＊本文中の医師名は仮名です。また、看護師につきましては当時の呼称である看護婦も使っています。

講演、セミナーのお問い合わせ
Coaching Offece Briller（http://www.nakamiyu.jp/）

いのちの時間　一歳四か月で天使になった渓太郎
2013年4月12日　初版第1刷　発行
著　者　中村美幸
発行者　ゆいぽおと
〒461-0001
名古屋市東区泉一丁目15-23
電話　052（955）8046
ファックス　052（955）8047
http://www.yuiport.co.jp/
発売元　KTC中央出版
〒111-0051
東京都台東区蔵前二丁目14-14
印刷・製本　モリモト印刷株式会社
内容に関するお問い合わせ、ご注文などは、すべて右記ゆいぽおとまでお願いします。

ISBN978-4-87758-441-2 C0095

ゆいぽおとの本

ISBN4-87758-404-8

ずっとそばにいるよ
天使になった航平

横幕真紀

感動の涙のあとには、
自分らしく生きる勇気が湧いてくる！

四歳で急性骨髄性白血病を発症。一歳の弟から骨髄移植し、笑顔で病気に立ち向かって逝った航平と、それを支えた家族、医療スタッフたちの335日のドキュメント。航平のおかあさんが、大学ノート十冊にも及ぶ日記を読み返してまとめました。

ゆいぽおとでは、
ふつうの人が暮らしのなかで、
少し立ち止まって考えてみたくなることを大切にします。
テーマとなるのは、たとえば、いのち、自然、こども、歴史など。
長く読み継いでいってほしいこと、
いま残さなければ時代の谷間に消えていってしまうことを、
本というかたちをとおして読者に伝えていきます。